本书获淮北师范大学学术著作出版基金资助

英美汉学中的《儒林外史》研究论稿

曹文刚 —— 著

吉林大学出版社

·长春·

图书在版编目（CIP）数据

英美汉学中的《儒林外史》研究论稿 / 曹文刚著.
-- 长春：吉林大学出版社，2023.10
ISBN 978-7-5768-2282-3

Ⅰ.①英… Ⅱ.①曹… Ⅲ.①《儒林外史》—小说研
究 Ⅳ.①I207.419

中国国家版本馆CIP数据核字(2023)第196794号

书　　名：英美汉学中的《儒林外史》研究论稿
YING-MEI HANXUE ZHONG DE《RULIN WAISHI》YANJIU LUNGAO

作　　者：曹文刚
策划编辑：高珊珊
责任编辑：高珊珊
责任校对：闫竞文
装帧设计：李　文
出版发行：吉林大学出版社
社　　址：长春市人民大街4059号
邮政编码：130021
发行电话：0431-89580028/29/21
网　　址：http://www.jlup.com.cn
电子邮箱：jdcbs@jlu.edu.cn
印　　刷：长春市中海彩印厂
开　　本：787mm×1092mm　　1/16
印　　张：10.75
字　　数：150千字
版　　次：2023年10月　第1版
印　　次：2023年10月　第1次
书　　号：ISBN 978-7-5768-2282-3
定　　价：58.00元

目 录

引 言

　　吴敬梓（1701—1754）的《儒林外史》在中国文学史中占有重要地位，被公认为中国古代六大小说之一，不仅在国内家喻户晓、影响广泛，还被先后翻译成多种文字，传播到域外广大地区，受到广泛好评。英美汉学家对《儒林外史》展开了深入研究，取得了丰硕的成果。

　　国内的《儒林外史》研究，从清代的评点开始，经过各个时期的发展，研究成果可谓汗牛充栋、蔚为大观。但国内对英美汉学界的《儒林外史》研究却关注不够，相关成果主要出现在有关中国古代文学海外传播研究专著的部分章节和专题著述。

　　专著的部分章节：

　　王丽娜的《中国古典小说戏曲名著在国外》[①]是我国第一部关于中国文学对外传播的专著，具有资料性、考据性工具书的性质。该书的小说部分介绍了《儒林外史》对外传播的情况，先总体概述其在国外的传播，再介绍国外收藏的各种版本，然后再介绍各种不同语种的外文译本，涉及英、法、德、俄、越、日六种文字，将英译文分为片段英译文和英译本，总结了包括英文论著在内的《儒林外史》外文论著目录，还

---

① 王丽娜：《中国古典小说戏曲名著在国外》，上海：学林出版社，1988年。

介绍了英美大百科全书对《儒林外史》的评论。

宋柏年主编的《中国古典文学在国外》①在第二章《儒林外史》的第四部分"在英美"中，按照时间先后梳理了《儒林外史》在英美的翻译历程，指出杨宪益、戴乃迭合译的英文全译本是《儒林外史》唯一的英文全译本，引述了英美大百科全书对《儒林外史》的介绍。该部分用大量篇幅评述了英美学者对《儒林外史》的评论和研究，涉及主题内容、性格刻画、讽刺手法、叙述技巧等方方面面。

黄鸣奋的《英语世界　中国古典文学之传播》②开始向专题化的研究领域拓展，在学术上更有深度和特色。该书以"英语世界"为中国古典文学传播的一个整体区域，其研究对象主要是相关的英文书籍、博士论文和部分论文。作者把英语世界中对中国古典文学的批评与研究方式概括为译注、赏析、专论、综述四类，指出英语世界对中国古典文学的批评与研究有三个主要特点：一是常以西方的人文和社科理论为参照系；二是广泛运用比较文学的方法；三是经常用西方的术语来标定中国古代作家。该书在第五章"英语世界中国古典小说之传播"的第四节"清代小说之传播"中梳理了英语世界学者对《儒林外史》的译介和评论情况，总结了许多文献资料，但没有对它们展开讨论。

王平主编的《明清小说传播研究》③在最后一章"《儒林外史》的传播"中专门设立了一节"《儒林外史》的海外传播"，指出《儒林外史》海外传播的方式主要有翻译、大百科全书的介绍、重刊以及相关的研究论著，认为《儒林外史》的海外传播仍有很大空间。

顾伟列主编的《20世纪中国古代文学国外传播与研究》④在第五编

① 宋柏年：《中国古典文学在国外》，北京：北京语言学院出版社，1994年。
② 黄鸣奋：《英语世界　中国古典文学之传播》，上海：学林出版社，1997年。
③ 王平：《明清小说传播研究》，济南：山东大学出版社，2006年。
④ 顾伟列：《20世纪中国古代文学国外传播与研究》，上海：华东师范大学出版社，2011年。

"神话与小说"的第九章"《儒林外史》"中，先是概述了《儒林外史》在欧美的译介与传播情况，然后从主题、结构、讽刺艺术与人物形象及语言特色这几方面简要介绍了国外汉学界的《儒林外史》研究。

邹颖《美国的明清小说研究》①的第四章第四节"《儒林外史》研究：礼仪主义、叙事实验和思想史诠释"，大致梳理了美国汉学界对"礼"的探讨的发展脉络，指出美国学者对《儒林外史》叙事方式革新的关注，强调了美国汉学界对《儒林外史》研究的思想史视角。

何敏的《英语世界清小说研究》②是在她完成于2010年的博士学位论文《英语世界的清代小说研究》的基础上修订而成。该书在清代小说的整体框架下触及英语世界《儒林外史》的一些译介和研究情况。

期刊论文：

周静的《〈儒林外史〉在英语世界传播的推动因素研究》③认为《儒林外史》在英语世界传播的推动因素，主要表现在节译本和全译本的普及、华裔学者的研究、中国政府的组织和支持以及媒介组织的参与等。

何敏、李静作《他山镜鉴：美国汉学视域下之〈儒林外史〉研究》④，该文将美国汉学界《儒林外史》研究进程划分为滥觞、发展和繁荣三个阶段，从四个方面介绍了主要的研究成果，即士人研究、儒道思想研究、叙事结构和叙事技巧研究及与西方文学作品的比较研究，总结了对国内学界的启示，即多元化的研究主体、宽阔的学术视野及比较文学的研究方法，也指出了美国《儒林外史》研究的不足，即译介不足、研究范围的集中化及阐发方式的单向性导致误读或过度阐释。

---

① 邹颖：《美国的明清小说研究》，南京：南京大学出版社，2016。

② 何敏：《英语世界清小说研究》，成都：西南交通大学出版社，2017年。

③ 周静：《〈儒林外史〉在英语世界传播的推动因素研究》，《中华文化海外传播研究》，2018年第2期，第276-284页。

④ 何敏、李静：《他山镜鉴：美国汉学视域下之〈儒林外史〉研究》，《合肥师范学院学报》，2019年第1期，第43-49页。

　　鄢宏福作《中国传统文人形象在英语世界的建构与价值观念传播——以〈儒林外史〉的传播为例》①，该文考察了《儒林外史》在英语世界中的文人理想典型描画、文人现实群体呈现及文人形象的文化定位。

　　报纸文章：

　　王燕在《〈儒林外史〉何以在英语世界姗姗来迟》中②指出，《儒林外史》较晚传播到英语世界是由于它未能进入西方传教士的视野，并对其中的原因进行了分析。陈来作《二元礼、苦行礼的概念成立吗》，杨念群作《二元礼践行困境的历史根源》，商传作《从明代历史看〈儒林外史〉》③，这三篇文章是对美国华裔学者商伟的专著中译本《礼与十八世纪的文化转折——〈儒林外史〉研究》④的讨论。清华大学凯风发展研究院和《中华读书报》为此书举办了一场读书会，众多不同学科的学者与会讨论。陈来、杨念群等学者对书中的有些观点提出了不同看法，商伟及时撰文作了回应⑤，使我们对此书及相关问题有了更深更好的理解。这体现了国内学界对海外汉学的关注。这种形式的国内外学者的交流与互动是值得大力提倡的。国内学界向来对书评重视不够，这个关于《儒

① 鄢宏福：《中国传统文人形象在英语世界的建构与价值观念传播——以〈儒林外史〉的传播为例》，《湖南科技大学学报》（社会科学版），2019年第6期，第141-147页。

② 王燕：《〈儒林外史〉何以在英语世界姗姗来迟》，《中国社会科学报》，2013年7月19日，第B01版。

③ 这三篇文章均刊载于《中华读书报》2013年4月10日。

④ 商伟：《礼与十八世纪的文化转折——〈儒林外史〉研究》，严蓓雯译，北京：生活·读书·新知三联书店，2012年。该书译自商伟的英文专著 Rulin waishi and Cultural Transformation in Late Imperial China, Cambridge: Harvard University Press, 2003. 此英文专著形成于商伟的英文博士学位论文 The Collapse of the Tai-bo Temple: A Study of The Unofficial History of the Scholars, Ph.D. diss. Harvard University, 1995.

⑤ 商伟：《对〈礼与十八的世纪文化转折〉讨论的回应》，《中华读书报》，2013年4月24日，第13版。

林外史》的专题读书会有助于营造良好的学术风气。此外，2019年，张义宏在《中国社会科学报》上发表的一篇文章①粗线条地勾勒了《儒林外史》在英语世界历经译介、文学史录述、文本研究的传播轨迹，可以说是对前述王燕文章的接续。

2017年四川大学博士论文《论〈儒林外史〉在英语世界的传播与研究》（未公开，作者不详），这是目前笔者所能见到的有关本课题的第一篇博士学位论文。该文在绪论和结语之外共分五章：绪论介绍了选题原因、价值、研究方法、研究对象、创新点及难点，综述了国内研究现状；第一章介绍了英语世界学者对科举文化的研究及《儒林外史》在英语世界的译介和研究概况；第二章描述了《儒林外史》在英语世界的传播情况，以时间为脉络分为肇始期、发展期和深入期三个阶段；第三章是有关吴敬梓及其所处历史时期科举文化的社会背景的研究情况，首先对国内和英语世界的吴敬梓研究进行比较，其次探讨了吴敬梓的讽刺作家身份，再次是考察了吴敬梓的内省性格、隐士主义理想和社会观念，最后对吴敬梓所处的时代背景进行了探讨；第四章是英语世界的《儒林外史》文本研究，讨论了他们所总结的创作手法、科举人物形象、科举讽刺艺术及抒情境界；第五章以西方文学批评方法为基础，介绍了西方学者对《儒林外史》的叙事结构、时空，吴敬梓的女性主义意识，社会风俗小说和"流浪汉"形象，总结英语世界《儒林外史》研究的特色；结语对《儒林外史》及科举文化在英语世界传播的未来进行了展望。该文内容较为丰富，文献较为翔实，展现了《儒林外史》在英语世界传播与研究的历程，是域外《儒林外史》学术史研究的新进展。但该文过于强调科举文化，行文有较多重复，在研究深度上也略显不足。

---

① 张义宏：《〈儒林外史〉在英语世界的传播与经典化建构》，《中国社会科学报》，2019年2月18日，第7版。

袁鸣霞硕士论文《论美籍华裔学者商伟的〈儒林外史〉研究》①，这是一个个案研究，主要集中探讨商伟的专著《礼与十八世纪的文化转折——〈儒林外史〉研究》。该文除引言和结语外分为三章：第一章是对《儒林外史》作者、版本与文人小说的研究，第二章总结了商伟的观点，商伟认为《儒林外史》叙述方式创新，从不同于正史的叙述形态、不同于传统章回小说的叙述形式和反讽性这三个方面展开论述；第三章基于商伟的观点，讨论了《儒林外史》对儒礼困境的反映与思考。该文表明《儒林外史》的域外研究正逐渐引起青年学子的关注。

书评有胡晓真②、张惠③、刘紫云④、廖可斌⑤、赵刚⑥对商伟《儒林外史》研究专著的书评。⑦廖可斌的书评认为，商伟的这部专著探寻《儒林外史》的文本逻辑，侧重于探究它的思想内涵及其文化史意义，对它在当时思想史文化史中的价值和独特地位作出了准确定位，对吴敬梓的思想世界作了更深入的探索，揭示了《儒林外史》的思想特征与其独特的叙事形态之间的内在联系。廖可斌指出此书的缺陷在于过于强调《儒林外史》的否定性逻辑，而忽略了某种程度的肯定的因素。商伟将"市井四奇人"看作是吴敬梓的一种"诗意想象"，而不是对现实人生道路可能性的一种探索，廖可斌认为这样的分析稍显简单。廖可斌的书评是

---

① 袁鸣霞：《论美籍华裔学者商伟的〈儒林外史〉研究》，华东师范大学硕士学位论文，2016年。

② 胡晓真的书评见《汉学研究》，2003年第2期，第441-446页。

③ 张惠的书评见《人文中国学报》，2013年第19期，第496-502页。

④ 刘紫云：《评商伟著〈礼与十八世纪的文化转折：《儒林外史》研究〉》，《国际汉学研究通讯》，2013年第7期，第346-360页。

⑤ 廖可斌：《文本逻辑的阐释力度——读商伟教授新著〈礼与十八世纪的文化转折——〈儒林外史〉研究〉》，《江淮论坛》，2015年第1期，第17-20,34页。

⑥ 赵刚：《礼教的异化和拯救》，《东方早报》，2015年8月30日，第5版。

⑦ 胡晓真的书评是对商伟英文专著Rulin waishi and Cultural Transformation in Late Imperial China的书评，其他四人是对中文译本《礼与十八世纪的文化转折——〈儒林外史〉研究》的书评。

很有见地的，体现了《儒林外史》研究中国内外学者的对话性。

张惠的书评指出，商伟从"讽刺小说"的定论中另出机杼，以"礼"统摄《儒林外史》全书，强调它的诗意的一面，打破了传统小说说书人的框架；此书已超越单纯小说美学的格局，进入思想史、文化史的广阔视野。

刘紫云的书评认为，商伟的这部书突破了20世纪以来学术界普通对《儒林外史》的研究范式和方法论，从文学场域转向思想文化领域，以18世纪文化转折和文人小说的创作作为《儒林外史》研究的新的参照系；文人小说的定位既是商伟展开论述的出发点也是归结点，《儒林外史》作为文人小说，它的自我意识和自我质疑构成了小说叙事的驱动力，同时也重新定义了文人小说。在她看来，此书中的一些论点和议题与西方的学术背景乃至文化语境息息相关，这也需要我们从中西双重视野来理解此书与现有学术传统的对话关系；从此书所汲取的欧美理论资源可以看出，汉学研究已成为西方学术语境的一个缩影。刘紫云对此书中的一些观点持保留态度，如，商伟将吴敬梓的叙事创新归于一种自我怀疑和文化思考，将吴敬梓最低程度地使用说书修辞看成是对权威叙事的摒弃，将文人道德的沦落归因于儒礼的双重性和内在矛盾等。她的质疑有一定的合理之处，可以引起我们更深入的思考。

国内《儒林外史》英译研究主要从语言学、文学、翻译策略、文化等角度展开，几乎都集中在对杨宪益、戴乃迭《儒林外史》英译本的研究。代表性的研究成果有徐珺的专著《古典小说英译与中国传统文化传承——〈儒林外史〉汉英语篇对比与翻译研究》[①]，该书运用系统功能语言学理论对《儒林外史》汉英语篇进行了对比分析。

---

① 　徐珺：《古典小说英译与中国传统文化传承——〈儒林外史〉汉英语篇对比与翻译研究》，长春：吉林出版集团有限责任公司，2005年。

英美汉学界的《儒林外史》研究成果较为丰富，但有关《儒林外史》研究之研究却较为鲜见，目前能收集到的专题著述只有美国学者连心达（Xinda Lian）的论文《欧美〈儒林外史〉结构研究评介》[①]，部分内容涉及《儒林外史》的有美国学者的三部书目和四篇综述文章。

连心达的论文按时间顺序大致梳理了欧美《儒林外史》结构研究的发展脉络，提炼出有代表性的观点。论文指出，20世纪60年代，海陶玮（James Robert Hightower）和柳无忌（Wu-chi Liu）都认为《儒林外史》缺少有机结构，夏志清也认为它是一部没有情节的小说，但存在着某种结构。到了20世纪70年代，威尔斯（Henry W. Wells）肯定了《儒林外史》的结构，张心沧提出《儒林外史》运用"主观时间"来统一全书，而林顺夫（Shuen-fu Lin）认为全书统一于礼，高友工（Yu-Kung Kao）则从抒情性的角度揭示了《儒林外史》的特殊结构，认为全书的象征性意义是整合各人物事件的原则。至20世纪80年代，史罗敷（Zbigniew Slupski）将《儒林外史》分为相互叠合的三个层次，即故事/轶事层次、人物传记层次和自我表现层次。故事/轶事层次描写的是不断变换的一组又一组人物，故事往往不具有完整性，有时还充满娱乐性；人物传记层次通过对有意义片段的选取表现了众多人物的个性，全书可以说是一部儒林人物的集体传记；自我表现层次显出了作者自我的影子，与高友工所说的"抒情性"是一致的；人物传记层次游动于故事/轶事层次之上，自我表现层次比人物传记层次还要隐蔽，只能在作者主观情感态度的变换中感受到。20世纪90年代，罗迪（Stephen Roddy）提出《儒林外史》的结构可以看作是对八股文形式的有趣模仿，而赵毅衡（Henry Y. H. Zhao）指出，《儒林外史》打破了有始有终有前有后的秩序，这种无线

[①] 连心达：《欧美〈儒林外史〉结构研究评介》，《明清小说研究》，1997年第1期，第74-83页。

性秩序的开放性结构是一种比时间/因果框架更为有效的表达模式。这篇论文使我们对欧美《儒林外史》结构研究的轮廓和里程碑式的成果有所了解，但还有很多方面没有涉及，需要我们去进一步深入挖掘。

三部书目是李田意（Tien-yi Li）的《中国小说中英文参考文献》（*Chinese Fiction: A Bibliography of Books and Articles in Chinese and English*）①、杨力宇（Winston L. Y. Yang）等的《中国古典小说指南、评论和参考文献》（*Classical Chinese Fiction: A Guide to It's Study and Appreciation Essays and Bibliographies*）②和白瑞（Margaret Berry）的《中国古典小说：附注释的英文参考文献》（*The Chinese Classic Novels: An Annotated Bibliography of Chiefly English-language Studies*）③。李田意的书目列出了中英文对照的有关《儒林外史》研究的著作和论文，为研究者提供了方便。杨力宇等的书目将《儒林外史》列为九个专题之一作评论性的介绍，强调吴敬梓独特的艺术成就，认为这是第一部摆脱运用诗歌套路的中国小说。它以人物塑造、讽刺艺术及叙事技巧而著称，在中国小说史上占有重要地位，对后来的中国小说产生了很大影响。该书目有专节介绍国外翻译研究《儒林外史》的概况，并附西文《儒林外史》论著提要目录。白瑞的书目对《儒林外史》作了评介，认为它完全运用简洁、典雅的白话写成，是中国第一部著名的自传性小说，它第一次聚焦于社会讽刺，第一个倾注人文关怀，首次极大地摆脱了说书传统，吴敬梓是基于人而不是宗教教义来探求一个理想社会。该书目列出了相关英译文献和研究文献，并对每一条文献都作了扼要介绍。

---

① Tien-yi Li. Chinese Fiction: A Bibliography of Books and Articles in Chinese and English, Yale: Yale University Press, 1968.

② Winston L. Y. Yang, Peter Li, Nathan K. Mao. etc.. Classical Chinese Fiction: A Guide to It's Study and Appreciation Essays and Bibliographies. Boston: G.K. Hall Publisher, 1978.

③ Margaret Berry. The Chinese Classic Novels: An Annotated Bibliography of Chiefly English-language Studies. New York: Garland Publishing, Inc., 1988.

四篇综述文章是何谷理（Robert E. Hegel）的《中国传统小说研究领域的现状》（*Traditional Chinese Fiction-The State of the Field*）^①，黄卫总的《明清小说研究在美国》^②，王靖宇（John C.Y. Wang）的《中国传统小说研究在美国》^③和李国庆（Guoqing Li）的《美国明清小说研究和翻译近况》^④。何谷理的文章梳理了中国古典小说研究的发展历程，评介了中外重要的研究成果。文中提到研究《儒林外史》的英文专著有罗溥洛（Paul Stanely Ropp）的《中国近代早期的持异见知识分子——〈儒林外史〉与清代的社会批判》（*Dissent in Early Modern China: Ju-lin waishi and Ch'ing Social Criticism*）^⑤。黄卫总的文章介绍了美国学界自20世纪60年代到90年代对明清小说的研究概况。文中提及两部研究《儒林外史》的专著：黄宗泰的《吴敬梓》（*Wu Ching-tzu*）^⑥专门研究《儒林外史》的讽刺艺术，其后罗溥洛的《中国近代早期的持异见知识分子——〈儒林外史〉与清代的社会批判》从社会历史学的视角研究《儒林外史》，二者相互补充。王靖宇在文章中简要评述了黄宗泰、林顺夫和罗溥洛的《儒林外史》研究成果，他称赞黄宗泰在作中西文学比较时，不作武断的价值判断，而是注意到中国传统的特色。李国庆的文章评介了自20世纪90年代至21世纪前十年美国明清小说的翻译与研究成果。文中提到夏志清的《中国古典小说》研究了包括《儒林外史》在内的六大小说，黄

---

① Robert E. Hegel. Traditional Chinese Fiction-The State of the Field. The Journal of Asiatic Studies, Vol.53, No.2, (May 1994), pp. 394-426.

② 黄卫总：《明清小说研究在美国》，《明清小说研究》，1995年第2期，第217-224页。

③ 王靖宇：《中国传统小说研究在美国》，见林徐典编：《汉学研究之回顾与前瞻》，北京：中华书局，1995年，第219-221页。

④ 李国庆：《美国明清小说研究和翻译近况》，《明清小说研究》，2011年第2期，第257-268页。

⑤ Paul Stanely Ropp. Dissent in Early Modern China: Ju-lin waishi and Ch'ing Social Criticism, Ann Arbor: The University of Michigan Press, 1981.

⑥ Timothy C. Wong. Wu Ching-tzu, Boston: Twayne Publishers, 1979.

卫总的第一部专著《文人与自我呈现：18世纪小说中的自传》（*Literati and Self-Re/Presentation: Autobiographical Sensibility in the Eighteenth-century Chinese Novel*）[①]除专门研究《儒林外史》外，该文还分别介绍了罗迪（Stephen Roddy）和商伟研究《儒林外史》的专著，指出后者将《儒林外史》解读为对18世纪儒家礼仪的深刻批判，但并未展开论述。

　　本书在比较文学视野下对英美汉学界《儒林外史》研究中的某些论题展开讨论。

　　中国文学对外传播研究是中外文学关系史研究，乃至中国比较文学研究的重要方面。在中国文学对外传播研究中，以一部名著的传播为研究课题的个案研究是一种重要的研究类型，本书就是这方面研究的个案研究。本书的立足点是中国文学，这样便于我们以开阔的视野，从新的角度，在世界文学发展脉络中来重新认识中国文学。

　　当前，我国倡导"文化自信"理念，实施中国文化"走出去"战略。海外汉学逐渐引起学术界的重视，已经成为学术研究的热点。国家社会科学基金课题指南中汉学课题不断增加，中国文学的海外传播愈来愈受到人们的关注，理清中国文学在海外的传播接受情况，已经迫在眉睫。《儒林外史》在国外的传播是中国文学海外传播与接受的难得案例，可以为探究中国文学在海外传播的理念、路径和实施中国文化"走出去"战略提供有益启示。

　　对英美汉学界的《儒林外史》研究进行整理和总结可以使国内学界对《儒林外史》在海外的接受有所了解，从而取长补短，有利于国内的《儒林外史》研究乃至古代小说研究继续向纵深发展；对国外《儒林外史》学术史的研究，将《儒林外史》研究视域从国内延伸到

---

① 　Marting W. Huang. Literati and Self-Re/Presentation: Autobiographical Sensibility in the Eighteenth-century Chinese Novel, Stanford: Stanford University Press, 1995.

国外，是对国内《儒林外史》研究的补充，拓展了《儒林外史》的研究视野；从他者的语境进行反观和借鉴，可以为国内《儒林外史》研究提供借鉴和参考，有利于深化国内的中国古代文学研究，为其他中国古代文学经典的海外传播研究提供经验和启迪，为中国文化典籍海外传播提供借鉴。本书作为个案研究将推动中国古代文学海外传播研究的进一步细致和深入。

第一章　王际真对《儒林外史》的节译

18世纪中叶，中国文学史上先后出现了吴敬梓的《儒林外史》和曹雪芹的《红楼梦》，共同为中国小说史写下最精彩的篇章。在浩若星海的中国古代小说中，被鲁迅许以"伟大"的，只有这两部。他给予《儒林外史》高度评价，"迨吴敬梓《儒林外史》出，乃秉持公心，指擿时弊，机锋所向，尤在士林；其文又戚而能谐，婉而多讽；于是说部中乃有足称讽刺之书"。[1]

《儒林外史》已被翻译成英、法、德、俄、日、韩、越、西、罗、捷、匈、意等多种文字。迄今为止唯一的《儒林外史》英文全译本（共五十五回）[2]是杨宪益、戴乃迭合译的《儒林》（*The Scholars*），由北京外文出版社于1957年出版。王际真《儒林外史》英译本是其几个英文节译本之一。

王际真（1899—2001），美国哥伦比亚大学著名中文教授，毕生致力于把中国文学译介到西方，是中国古代小说英译的开拓者与中国现代小说的"播火者"。

---

① 鲁迅：《中国小说史略》，北京：中国书籍出版社，2014年，第196页。

② 《儒林外史》的篇幅向有五十回、五十五回、五十六回等多种说法，杨宪益、戴乃迭的英译本采用的是五十五回本。

国内学者对王际真的研究大多集中在他的少数作品，尤其是《红楼梦》的英译，对于他《儒林外史》英译的研究，至今无人问津；学界对《儒林外史》英译的研究一般都集中在杨宪益、戴乃迭全译本，对于其《儒林外史》节译本的研究，至今无人问津，这为本文的写作提供了契机。

在今天的全球化语境下，重新建构世界文学有着特别重要的意义。今天的文学研究已经跨越了传统的民族/国别文学的界限，从这个意义上说，世界文学也意味着"超民族的"（transnational）或"翻译的"（translational）的意义。①大卫·达姆罗什（David Damrosch）认为，作为民族文学简略折射的世界文学是在翻译中所获得的书写，是一种触摸自身所处时空之外的世界的阅读模式，世界文学是"在本民族文化以外传播的文学作品"。②由此可见，翻译在使民族文学成为世界文学的过程中发挥了不可替代的作用。翻译与世界文学有着内在关联，从某种意义上说，没有翻译就没有世界文学，翻译在世界文学传播和研究中起着不可或缺的作用。王际真对《儒林外史》的英文节译在一定意义上诠释了翻译与世界文学的连接。

一、《儒林外史》英译概况

《儒林外史》已被翻译成英、法、德、俄、日、韩、越、西、罗、捷、匈、意等多种文字。《儒林外史》最早的英译文出现在1925年，是韩邦昌的译文《节录"儒林外史"记季遐年事》，刊登在商务印书馆的《英文杂志》（*The English Student*）该年第9期上，是中英文对照，左边中文，右边英文。紧接着，1927年，该刊又分别在第1期和第6期陆续刊

---

① 王宁：《"世界文学"与翻译》，《文艺研究》，2009年第3期，第24页。

② David Damrosch, *What Is World Literature?* Princeton: Princeton University Press, 2003, p.281.

登了他的《节录"儒林外史"记王冕事》和《节录"儒林外史"记荆元事》。郭功隽节译的《王冕的故事（节译儒林外史）》刊登在《英语周刊》（*English Weekly*）1935年第134期。葛传椝所译的第一回刊载于美国芝加哥大学出版社1939年出版的《英文杂志》，后收入潘正英编《中国十大名著选译》。1940—1941年上海、南京出版的《天下月刊》第十一期（178–192页）上，发表了徐真平（Hsü chen-pin）根据《儒林外史》最后一回（第五十五回）翻译的英译文，取名《四位奇人》。1954年北京外文出版社出版的《中国文学》四月号（5–68页），收录了杨宪益和戴乃迭合译的片段英译文，题目是《吴敬梓——儒林外史》，内容取自《儒林外史》前七回，此七回译文1957年归入译者的《儒林外史》全译本中。译文符合原意，准确流畅。张心沧根据《儒林外史》第三十一、三十二回翻译的片段英译文，取名《慷慨的年轻学士》，收入张心沧编译的《中国文学：通俗小说与戏剧》一书（329–381页），该书由芝加哥阿尔定出版公司与爱丁堡大学出版社1973年出版，内容为杜少卿的故事。译文被认为是高水平的，译者在译文后还作有注释。

　　杨宪益、戴乃迭合译的《儒林》（*The Scholars*），是迄今为止唯一一部《儒林外史》英文全译本（共五十五回），由北京外文出版社于1957年出版。此译本书前有现代中国著名画家程十发先生所作吴敬梓彩色画像一幅和现代中国著名作家及评论家吴组缃教授的"序言"一篇，书中还有程十发所作插图多副。1963年和1973年，北京外文出版社重印了这个译本的第二版和第三版。1972年，美国纽约格罗西特与邓拉普公司重印了此译本，增加美籍华裔学者夏志清写的"导言"。①这篇导言介绍了《儒林外史》的主要内容、写作时代背景、吴敬梓生平以及小说创作的艺术特点，并特别指出了小说的三阶段艺术结构。杨、戴译本以

———————

① 王丽娜：《〈儒林外史〉外文译本概况》，《艺谭》，1981年第3期，第37-43页。

开篇词开始，以词《沁园春》结束，全本行文流畅，准确生动、注重文体，在尽可能保留原著文学特色的同时，展现了中国特有的深厚而悠久的文化内涵，为学界广泛接受，影响深远。1996年，湖南出版社整理出版了《儒林外史》的英汉语对照本（共2卷）。1999年，湖南人民出版社和外文出版社重新整理出版了《大中华文库》《儒林外史》汉英对照本（全3册），何泽瀚、何慎怡点校，段江丽撰写了前言《吴敬梓与〈儒林外史〉》。

二、王际真的《儒林外史》节译

王际真（Chi-Chen Wang）根据《儒林外史》第二、三回翻译的片段英译文，内容为周进与范进中举的故事，被收入乔治高（George Kao）编辑的《中国幽默文选》一书（189-208页）。该书由纽约科沃德-麦卡恩公司1946年出版，纽约丝特林出版公司1974年再版。译文引人入胜，在欧美颇受好评。

乔治高（1912—2008），本名高克毅，中国文学编辑和翻译家，在香港中文大学发起创办了英文翻译专业期刊《译丛》（*Renditions*），以便更好地向英语读者介绍中国文学。王际真和乔治高是终生好友，他们与林语堂合作策划出版《中国幽默文选》（*Chinese Wit and Humor*，1946），这是个中国文学英译的选集。林语堂写了长篇介绍，称赞乔治高的散文和自己幽默主张之间的联系，指出最典型的中国幽默小说《儒林外史》是一部专门嘲弄儒生的书，而书的作者本人就是一个儒生。该书分四个部分，第一部分"智者的幽默"（*The Humor of Philosophy*）和第二部分"江湖漂泊者的幽默"（*The Humor of the Picaresque*）最具可读性。王际真在第一部分中承担了《韩非子》《列子》《晏子春秋》中大部分的选译工作，发挥了关键作用。

王际真《儒林外史》英译文出现在该书的第二部分，题为《两学士

中举》（*Two Scholars who Passed the Examinations*），所译的是周进和
范进的故事。王际真作这样的选译是考虑到这部分内容是小说中极具喜
剧色彩的部分，能让外国读者感受到中国人的幽默，引起他们的共鸣，
便于使他们对《儒林外史》产生兴趣。这是两个十分相似的人物，都出
身贫寒，通过科举从社会底层进入上流社会。一个是久试不中，痛极而
疯；一个是一朝得志，喜极而疯，都经历了大悲大喜。两个同样扭曲的
灵魂，两条相似的生活道路。王际真译自原著的第二、三回和第四回开
头的一部分，未译回目。译文打破了原著的章回结构，重新作了安排，
将译文分为三节，每节新增标题，分别为：第一节——"周进境遇的沉
浮"（*How the Schoolmaster Chou Chin Obtained and Lost His Situation*），
分为三部分；第二节——"周进的崛起"（*The Rise of Chou Chin and His
Career*），分为二部分；第三节——"范进喜极而疯"（*How Fan Chin
Was deranged by His Sudden Success and How He Was Cured*），分为三部
分。①这种细目的增译是出于西方读者接受的考量，便于他们对原著人
物周进和范进故事的把握，降低对原文理解的难度。译文第一节及第二
节的头两段译自原著的第二回，余下的译自第三回和第四回的开头一部
分，顾及了两位主人公故事的完整性。第一页的末尾是原著名称的音译*Ju
Lin Wai Shih*及其英译*An Unofficial History of the Literati*，这个译名与杨、
戴译本的译名*The Scholars*相比更忠实。

《儒林外史》的每一回结尾都有概括性的结语，措辞优美，形式对
仗，内容精辟：第二回"只因这一死，有分教：累年蹭蹬，忽然际会风
云；终岁凄凉，竟得高悬月旦。未知周进性命如何，且听下回分解"；
第三回"只因这一番，有分教：会试举人，变作秋风之客；多事贡生，

---

① 各节中文标题为笔者所译。

长为兴讼之人。不知老太太性命如何，且听下回分解"。①王际真译文中都省略了，杨、戴的译本也没有翻译，致使原著的信息有所流失。这是中国古典章回小说在行文结构上的独特之处，即便译者出于故事情节推进的紧凑感这一考量，亦不应略去。各回开头的"话说"略去未译，这可以降低西方读者对中国古典小说习惯的表达方式的陌生感，拉近原著与西方读者的距离。由此可见，王际真的翻译非常灵活，并没有完全局限于原文。

译文中有三个注释。第一个注释为：Jujube, tsao, is a homophone for tsao meaning "soon" or "early"; hence the placing of the jujubes was a symbol of the wish that the two scholars would soon achieve higher honors. 原文是："众人都作过揖坐下。只有周、梅二位的茶杯里有两枚生红枣，其余都是清茶。"王际真将"生红枣"译为jujube，并给出了音译tsao，加了这条注释，指出"枣"与"早"谐音，有助于增加英语读者对中国文化的了解。在周进和梅玖的茶杯里放"生红枣"就是祝愿他们两个早日中举吗？历来的《儒林外史》评点没有涉及此处，杨、戴译本将"生红枣"译成dates，没有加注。②或许这只是表示对周、梅二位客人特别的尊重呢？这个问题还有待有关专家进一步研究。

第二个注释为："Same year," a term designating the relationship between persons who pass the triennial metropolitan examination together. Though such persons might never meet one another, they were supposed to be as close to one another as, or closer than, classmates in the modern school system. 原文是："自这一番之后，一薛家集的人都晓得荀家孩子是县里王举人的进士同年，传为笑话"。王际真将"同年"音译成t'ung nien,

---

① 本书引小说原文均据李汉秋辑校《儒林外史汇校汇评》，上海古籍出版社2014年版。

② 本书引杨宪益、戴乃迭《儒林外史》英译本均据外文出版社1973年版。

以保留中国文化的特色，在这条注释中对之作了解释，为英语读者理解原文扫除了障碍。

第三个注释为：It must be remembered that these relationships were fictitious and of an ex-officio character. The Magistrate T'ang was probably no more an actual student of Chang's late grandfather than Fan was a student of the Magiatrate T'ang, who was in all probability only an honorary examiner. 原文是："张乡绅道：'适才看见题名录，贵房师高要县汤公，就是先祖的门生，我和你是亲切的世兄弟。'" 张静斋与范进以前没有来往，但一得知范进中了举人，就迅速赶来赠银赠屋，貌似好交游敦友谊的样子，只不过是在新举人身上投资，为了以后可以从中牟利。从注释可以看出张静斋的虚伪和势利，张静斋奉承范进，使范进尝到了一朝榜上有名的甜头。

王际真译文之前是个简短的故事说明，便于英语国家读者理解译文。这篇说明对所译故事的来源、背景作了交待：在中国古代的很长一段时间里，通过一系列竞争性的考试是读书人成为官员的唯一渠道，学子读书往往不是为了知识而只是为了追逐功名，这容易造成读书人人性扭曲和道德沦丧，也会带来无数悲伤的故事和富于喜剧色彩的笑话，这在明清两代尤为严重。历代的科举考试制度的评定结果等级有秀才、举人、进士等（类似西方的学士、硕士和博士）。科举制度给读书人的精神及社会风气带来极大的危害。吴敬梓痛恨科举制度，在他的《儒林外史》中对之进行了辛辣的讽刺和猛烈的抨击，下面的节选就来自这部著名的小说。说明的最后描写了小说中另一个脍炙人口的喜剧场景："严监生临终灭灯草"。吴敬梓对于严监生没有像对于周进、范进那样寄予同情。这个守财奴临死时伸出两个手指头，表示还有心愿未了，总不肯断气。一屋子人都来猜他的心思，但都没猜对。最后，他的刚刚由妾扶正的赵氏说："只有我能知道你的心事。你是为那灯盏里点的是两茎灯草，不放心，恐费了油。"说完，忙走去挑掉一茎，严监生点一点头，立刻就没了气。

在故事说明中，"秀才""举人""进士"这些词的音译后，又分别在括号里标出the Chinese B.A., M.A., Ph.D., 把科举的等级与西方的学位挂钩，便于英语国家读者理解这些中国古代科举的名词，增加西方读者的阅读兴趣，降低他们理解的难度。当然秀才、举人、进士与学士、硕士、博士有根本的不同，不能相提并论，只能说从秀才到进士、翰林与从学士到博士都有着从下往上的等级。"严监生临终灭灯草"同周进、范进的故事一样富于喜剧色彩，这个说明的末尾简要描述了这一经典场景，以弥补没有选译严监生故事的遗憾，可以让人领略这部小说的喜剧特色，迎合了《中国幽默文选》的"幽默"主题。

三、译文个案分析

例1.

梅玖回过头来向众人道："你众位是不知道，我们学校规矩，老友是从来不同小友序齿的。只是今日不同，还是周长兄请上"。

原来明朝士大夫称儒学生员叫做"朋友"，称童生是"小友"。比如童生进了学，不怕十几岁，也称为"老友"；若是不进学，就到八十岁，也还称"小友"。

'But you do not know,' Mei said to them, 'that according to our rules an old friend never compares age with a young friend. But it is a different matter today, so let Elder Brother Chou take the seat of honor.'

For during the Ming dynasty it was the custom to call the students who had obtained their degrees 'friends' and to called those who had not 'young friends'. Thus a licentiate was called an 'old friends' though he might be only in his teens, while a student remained a 'young friend' so long as he did not pass his examination, though he might be eighty.（王际真译）

But Mei Chiu rounded on them, 'You people don't understand the rule of our school. Those who have passed the prefectural examination are considered senior to those who have not, regardless of age. But today happens to be exceptional, and Mr. Chou must still be honoured.'

(Ming Dynasty scholars called all those who passed the prefectural examination 'classmates,' and those who only qualified for this examination 'juniors'. A young man in his teens who passed was considered senior to an unsuccessful candidate, even if the latter were eighty years old.)（杨宪益、戴乃迭译）

科举制度是多等级的阶梯，明清时期最基本的等级，由下往上依次为童生、秀才、举人、进士，这些科举的等级也是社会地位的等级。周进六十多岁还没考上秀才，仍是个童生。他作为新上任的塾师应邀出席宴会，集上的新秀才梅玖作陪客。虽然按年龄，他应该是周进的孙辈，但在科举的等级上，他却比周进高一等。他抓住了这一点耍弄周进：入席时用"老友（秀才）从来不同小友（童生）序齿"的"学校规矩"，嘲弄挖苦周进。他做足了身份、耍够了派头，又屈尊地表示"今日之事不同"，让周进坐首席，则是一种别样的卑鄙。梅玖依仗功名骄人傲人，取得最低功名的秀才就可以把周进踩在脚下，由此可以管窥周进这个老童生的困顿和辛酸。

"序齿"是按年龄排序的意思，王际真将之翻译成compares age是准确的。杨宪益、戴乃迭将之翻译成are considered senior to those who have not，regardless of age，译出了"序齿"在原文中隐含的意思，但直接说"老友"are considered senior to "小友"，是不符合原文语境的，反而丧失了中国语言含蓄的特色。王际真将"老友""小友"分别直译为old friend，young friend，保留了原文的味道。杨、戴译把"老友""小友"分别译为those who have passed the prefectural examination，those who only qualified for this examination，意思上更清晰，但原文紧接着是对"老友""小友"的解释，因此就显得重复、累赘，prefectural examination也增加了英语读者理解的难度。王译将后面作者的说明直接译出；杨、戴译则加了括号，以标明这是"注解"，其实并无必要，因为这可能会使英语读者产生误解，以为是译者所添加的背景介绍。或许正是要向读者说明，若能直接理解原文，可无需读括号内的"注解"，以保证阅读的流畅性及愉悦感。王译中the students who had obtained their degrees，用西方读者熟悉的degrees以便于他们理解原文中"朋友"所指。不管是行文逻辑上还是具体词语的翻译上，与杨、戴译相比，王译更忠实于原文。

例2.

胡屠户凶神一般走到跟前说道："该死的畜生！你中了甚么？"一个嘴巴打将去。众人和邻居见这模样，忍不住的笑。不想胡屠户虽然大着胆子打了一下，心里到底还是怕的，那手早颤起来，不敢打到第二下。范进因这一个嘴巴，却也打晕了，昏倒于地。众邻居一齐上前，替他抹胸口，捶背心，舞了半日，渐渐喘息过来，眼睛明亮，不疯了。众人扶起，借庙门口一个外科郎中"跳驼子"板凳上坐着。胡屠户站在一边，不觉那双手隐隐的疼将起来，自己看时，把个巴掌仰着，再也弯不过来。自己心里懊恼道："果然天上'文曲星'是打不得的，而今菩萨计较起来了。"想一想，更疼的很了，连忙问郎中讨了个膏药贴着。

Forbidding as one of the escorting generals in a funeral procession, the butcher went up to him and thundered, 'You ne'er-would-die beast! Passed! Passed what?' and gave him a resounding blow in the face. All the neighbors laughed. But the butcher was frightened by what he had done, his hand trembled and he dared not strike again. Nor was a second blow necessary, for the first had felled Fan Chin to the ground. The neighbors hurried up to him, rubbed his chest and pounded his back until they brought him to. The butcher felt a dull pain in his palm and could not bend his hand. He repented his rashness and said, 'Indeed a star from Heaven should not be touched. I am being punished for my sin.' He bought a plaster from a drugmonger and put it on his hand. （王际真译）

Butcher Hu bore down on him like an avenging fury, roaring, 'You blasted idiot! What have you passed?' and fetched him a blow. The bystanders and neighbors could hardly suppress their laughter. But although Butcher Hu had screwed up his courage to strike once, he was still afraid at heart, and his hand was trembling too much to strike a second time. The one blow, however, had been enough to knock Fan Chin out.

The neighbors pressed round to rub Fan Chin's chest and massage his back, until presently he gave a sigh and came to. His eyes were clear and his madness had passed! They helped him up and borrowed a bench from Apothecary Chen, a hunchback who lived hard by the temple, so that Fan Chin might sit down.

Butcher Hu, who was standing a little way off, felt his hand begin to ache; when he raised his palm, he found to his dismay that he could not bend it. 'It's true, then, that you mustn't strike the stars in heaven,' he thought. 'Now Buddha is punishing me!' The more he thought about it, the worse his hand hurt, and he asked the apothecary to give him some ointment for it. （杨宪益、戴乃迭译）

　　这是小说中脍炙人口的"范进中举发疯"的故事。周进考到六十多岁还没当上秀才，痛哭打滚。与周进相比，范进还幸运一些，从二十岁考到五十四岁总算考上秀才，当年又中了举。中举前，范进穷困潦倒，出榜那日，家里已经断炊。他经常被岳父胡屠户骂得狗血喷头，胡屠户成为范进最怕的一个人。几十年的科场失意使范进的灵魂饱受创伤，他不敢再抱希望了。中举的巨大惊喜来得太突然，使他一时很难承受，他疯了。胡屠户对范进的态度发生了一百八十度的大转变，在女婿面前变得畏惧而恭敬，和气而体贴。可是，范进对胡屠户的态度却还没变过来。为了使发疯的范进恢复正常，需要胡屠户亲手打女婿一巴掌。如果在过去，他能毫不犹豫打下去，但如今，这让他很为难。他坦白地说："虽然是我女婿，如今却做了老爷就是天上的星宿。天上的星宿是打不得的！我听得斋公们说，打了天上的星宿，阎王就要拿去打一百铁棍，发在十八层地狱，永不得翻身。我却是不敢做这样的事！"但情势所迫，为了救女婿，他只得连喝两碗酒壮壮胆，勉强"将平日的凶恶样子拿出来"，冒着"下地狱"的"危险"，硬着头皮去打了一下"贤婿老爷"。范进总算清醒过来了。胡屠户果然立刻觉得"菩萨计较起来了"，登时手就发颤，越想手越疼，以至于"把个巴掌仰着，再也弯不过来"，只得"连忙问郎中讨了个膏药贴着"。当然起作用的不是菩萨，而是他势利的心理。

　　王际真用thundered，杨宪益、戴乃迭用roaring 来翻译"胡屠户凶神一般走到跟前说道"中的"说"，都很准确到位。"该死的畜生！你中了甚么？"王译为：You ne'er-would-die beast! Passed! Passed what? 杨、戴译为：You blasted idiot! What have you passed? 王译更贴近原文，更有力度，把胡屠户厉声训斥的语气表现出来了，杨、戴译则显得平淡。"不想胡屠户虽然大着胆子打了一下，心里到底还是怕的，那手早颤起来，不敢打到第二下。"杨、戴译为：But although Butcher Hu had screwed up his courage to strike once, he was still afraid at heart, and his hand was trembling too much to strike a second time. 王译为：But the butcher was frightened by what he had done, his hand trembled and he dared not strike again.杨、戴对原文的理解有误，并不是胡屠户真的因为手颤而不能打第二下，而是他不敢再打，是他的心理在起作用，一则是迷信，觉得是菩萨要惩罚自己；更重要的是势利，怕得罪中了举作了老爷的女婿。王译和杨、戴译都略去了"早"，这是一个遗憾。"早"在这里是"立刻"的意思，生动表现了由于胡屠户的势利而带来的高度紧张，把"早"译出会给译文增色。王译略去了中国文化特色词"菩萨"，照顾到了西方读者的理解能力。王际真把"果然天上'文曲星'是打不得的"中的"打"译为be touched，有失准确，与后面的for my sin不合逻辑，与原文意思不符，杨宪益、戴乃迭译为strike，是恰当的。王译He repented his rashness准确地译出了胡屠户"心里懊恼"，杨、戴译he found to his dismay that he could not bend it并未译出胡屠户内心的后悔。显而易见，王译的字数远远超过杨、戴译，王译有多处省略。王译略去了"渐渐喘息过来，眼睛明亮，不疯了。众人扶起，借庙门口一个外科郎中'跳驼子'板凳上坐着"，只用until they brought him to概括之，丢失了一些原文信息；省略"胡屠户站在一边"，倒也无关紧要；"想一想，更疼的很了"，进一步表现了胡屠户对范进由凶变为怕的势利心理，王译略去未译，未免有点可惜。

王际真的翻译对原文删改较多，超越了逐字逐句的翻译，语言流畅、地道、简洁，可读性较强，迎合了西方主流诗学，既照顾了英语读者的接受，又较好地传递了原文的精髓，最大程度地保留了中国文化特色。今天中国文化走出去，应该请像王际真这样的海外汉学家来担任主要的翻译工作，以后随着国外读者接受能力的提高，再逐步过渡到由中国本土人士来翻译。王际真对《儒林外史》的翻译虽然只是节译，却使英语读者对它有所了解，推动了其在英语世界的传播。从某种意义上说，王际真英译《儒林外史》参与了其在域外的经典重构的过程，对这部小说在西方的"重生"作出了贡献。王际真的《儒林外史》英译尽管有缺陷，但总体来看，突破了原文字句的局限，可读性较强，大力推动了它在国外可被接受的程度。后来这部小说在英语世界受到许多研究者的关注，研究成果丰硕，这又反过来促进了它在西方被更广泛和深入的接受，这同时也是《儒林外史》在英语世界逐渐经典化的过程。世界文学必定是优秀的文学杰作，它的经典性是理所当然的。但世界文学这种经典意义要被大众所认可，又必须具有可读性。王际真的《儒林外史》英译虽然只是节译，但节译有其不可替代的作用，可以使国外读者在短时间内快速了解该作品，从而激发其全面、深入了解的兴趣。可以设想，如果没有节译，只有全译，相当一部分生活节奏快的西方读者就会在大部头的全译本前望而却步，从而与该作品失之交臂。王际真翻译的中国文学作品可读性强，一直在英语世界很受欢迎，《儒林外史》也不例外。

本雅明（Walter Benjamin）指出，翻译能帮助一部文学作品成为具有世界性和国际性意义的不朽之作，正是翻译才赋予文学作品以"持续的"（continued）生命或一种"来世生命"（afterlife）。"译作虽来源于原作，但它与其说来自原作的生命，倒不如说来自其来世生命"[1]没有翻译的中介，一部作品也许只能停留在其自身所属的文学和文化传统中。在本雅明看来，译者不应只是被动接受原作，而更应能动地阐释和创造性地再现原作，已经传播的作品原作并非一部完成了的作品。勒菲弗尔（Andé Lefevere）认为，翻译是一种"改写"，能对原作及其作者起

---

① Walter Benjamin. Theories of Translation: An Anthology of Essays from Dryden to Derrida, Chicago & London: The University of Chicago Press, 1992, pp. 72-73.

到操纵的作用。①王际真对《儒林外史》的节译就是这些翻译思想的一个例证。

如何将中国文学融入世界文学之中并使其产生影响？王际真的翻译对《儒林外史》成为世界文学起到了推动作用。世界文学已经成为近年来国际文学理论界的一个前沿话题，引起广泛关注和热烈讨论。"世界文学"是歌德在1827年和爱克曼谈话时提出来的。当时歌德在读了《好逑传》等中国文学译本后说："民族文学现在已经算不了什么，轮到世界文学时代了。现在每一个人都应该努力，使它早日来临。"②歌德提出的世界文学，其中心意义首先意味着文学的相互接受与国际交流，③他所构筑的世界文学的理想并非主张各民族文学放弃其个性。马克思和恩格斯在1848年的《共产党宣言》中写下了一段著名的话："物质的生产是如此，精神的生产也是如此。各民族的精神产品成了公共的财产。民族的片面性和局限性日益成为不可能，于是由许多种民族的和地方的文学形成了一种世界的文学。"④马恩在这里把世界文学概念又向前推进了一步，将其概括为资本主义全球化扩张在知识生产和文化上的一个直接后果。歌德与马恩的关于"世界文学"的两种内涵似乎是一致的，只是前者是基于普遍人性和人类的共同审美特征的，而后者是基于世界市场的而已。不可否认，世界文学已带有文化全球化的印记，逐步成为人类的共同审美现实。世界各民族文学之间的交往日益增多，各国文学越来越多地具有"世界因素"，各民族文学的交流对话一直都是可能的，而且是必不可少的，翻译在其中起着举足轻重的作用。

---

① Andé Lefevere, Translation, Rewriting and the Manipulation of Literary Fame, London & New York: Routledge, 1992, p. 9.

② 爱克曼：《歌德谈话录》，朱光潜译，北京：人民文学出版社，1978年，第113页。

③ 方维规：《何谓世界文学？》，《社会科学文摘》，2017年第4期，第111-114页。

④ 马克思、恩格斯：《共产党宣言》，北京：人民出版社，1964年，第26页。

王际真对《儒林外史》的翻译是对这部中国古典小说的跨文化的再现与重构，使我们认识到翻译与世界文学的内在连接。一部能够称得上是世界文学的作品必定本身具有很高的文学价值，而且流传甚广，能够跨越语言的界限，在不同的国家和民族之间流传，其中介自然是翻译。今天判断一部作品是否具有世界性的影响或意义，首先要看该作品是否被译成外文。当然，要成为世界文学，翻译并不能起决定性的作用，还取决于其它因素。就《儒林外史》来说，它已是公认的中国文学经典，其文学价值毋庸置疑，要使它成为世界文学，就必须翻译成外文，尤其是英文，因为英语作为世界最通用的语言的地位短时期内仍无法改变。要使中国文学走向世界，成为世界文学，就必须重视翻译与世界文学的连接。

第二章　夏志清的《儒林外史》研究

美国著名华裔汉学家夏志清（C.T.Hsia，1921—2013）的英文代表作《中国现代小说史》（1961年初版）和《中国古典小说导论》（1968年初版），对中国小说重新进行梳理、阐释与评价，以其贯通中西的学识、独特的批评视角、开创性的见解，受到西方汉学界的推崇，也对中国学术界产生了深远影响。《中国古典小说导论》是英语世界较早的涉及研究《儒林外史》的学术专著，是东方研究委员会发起编辑的"亚洲研究指南系列丛书"之一。该书对《水浒传》《三国演义》《西游记》《金瓶梅》《儒林外史》和《红楼梦》这六部古典小说做了深入的探讨和阐释。夏志清认为这几部小说为中国小说开拓了新的境界，对后来中国小说的发展产生了深刻影响。书中的第六章集中呈现了夏志清对《儒林外史》的研究。他为在美国出版的《儒林外史》杨宪益夫妇英译本写了序言，给予它高度评价，将其列入中国古典小说史中的六大名著之列。在他看来，《儒林外史》在许多方面的革新具有革命性意义，对中国小说的发展影响深远。

一、对《儒林外史》讽刺艺术的探讨

《儒林外史》历来被认为是中国最伟大的讽刺小说，吴敬梓是中国最伟大的讽刺小说家。鲁迅指出《儒林外史》将中国讽刺小说发展到新的境界，他在《中国小说的历史的变迁》中写道："讽刺小说从《儒林外史》而后，就可以谓之绝响。"①自此以后，将《儒林外史》视为"讽刺小说"几乎成为定论。胡适提出吴敬梓"受了颜习斋、李刚主、程绵庄一派的思想的影响，故他的讽刺能成为有见解的社会批评"。②张天翼以讽刺小说家的眼光对《儒林外史》作了详尽的分析，他的讽刺小说创作受到了《儒林外史》很大的影响。吴组缃认为，《儒林外史》的讽刺艺术立足于严肃的现实主义创作态度，采用了"口无所臧否，而心有所褒贬"的史家笔法。③

夏志清指出，"《儒林外史》是第一部讽刺现实主义作品，它同人们的宗教信仰几乎完全背离。"④吴敬梓将小说从宗教的束缚中解放出来，不再局限于因果报应的说教需要，而是凭借他对社会各阶层人们的广泛接触和认识，"用敏锐的目光和机智的讽刺的笔触现实地刻划人物形象"。⑤《儒林外史》对儒家社会的讽刺与对儒家道德规范的渴望难舍难分。夏志清认为，《儒林外史》是第一部有意识地从儒家思想出发而创作的讽刺小说，但是，"与那种宣扬儒家英雄主义的历史小说不同，出于统治者的行为和社会改革的失望，它的儒家思想蒙上了一层淡淡的忧郁色彩。"⑥在他看来，吴敬梓对科举制度及其牺牲品的讽刺与他对追求精神自由的隐士的赞扬一样，都表现出自传的色彩。

夏志清称赞吴敬梓在《儒林外史》中出色地运用了两种喜剧性的讽

---

① 鲁讯：《中国小说史略》，北京：中国书籍出版社，2016年，第300页。
② 胡适：《中国章回小说考评》，北京：中国社会科学出版社，2013年，第340页。
③ 吴组缃：《儒林外史的思想与艺术》，《新华月报》，1954年9期，第225-233页。
④ 夏志清：《中国古典小说导论》，胡益民等译，合肥：安徽文艺出版社，1988年，第228页。
⑤ 同上，第229页。
⑥ 夏志清：《〈儒林〉论》，石晓林译//中国儒林外史学会、全椒吴敬梓纪念馆：《儒林外史学刊》，合肥：黄山书社，1988年，第237页。

刺方式，"一种根植基于对于社会风俗的实际认识之上，另一种则属于夸张的讽刺文学，有意地从现实转向荒谬。吴敬梓来回穿梭于这两种喜剧方式之中，运用自如，做得非常出色，使学者们惯常将那种荒谬可笑的讽刺场面也认作现实。"[①]但他对吴敬梓用一种插科打诨的、滑稽的口吻插入一些笑话和轶事传闻持批评态度，认为"这与显见于小说中对于社会风俗的大量严肃的喜剧性描绘是不相宜的"。[②]夏的这一见解是独到的。在肯定了吴敬梓对周进与王惠相遇和周进贡院撞号板两个夸张的喜剧场面的描绘后，夏以严监生之死这个素为人称道的场景为例，批评吴敬梓"忽略了他的讽刺主旨，以致于有时插进的一个笑话几乎无助于我们对一个特定的个性的了解"[③]。"有时他仅仅由于它们的独立的喜剧价值而将它们插入其中，而不顾它们的讽刺的贴切性和故事正文是否有联系，结果小说受到妨害。"[④]严监生临死之时，伸着两个指头，总不肯断气。家人中只有他的妾知道他的心事，他是为那灯盏里点的是两茎灯草，不放心，恐费了油，当她挑掉一茎时，严监生登时就没了气。这个经典的场景历来被认为是对守财奴的绝妙的描写，但夏提出质疑，"对一个小说家来说，他在写这个精彩的篇章时，首先应当考虑的是：它是否合适？"[⑤]夏志清联系小说前文作了细致的分析。严监生为了哥哥的案子花了十几两银子，为妻子的丧事花了四五千两银子，为笼络王德、王仁兄弟也花了几大笔钱，一个真正的吝啬鬼是不可能如此花钱的，也不可能那样不经心以致让两个舅奶奶把金银、首饰、衣服无耻地偷了去。但最后作者却安排他作为一个极端的守财奴而死，就与前述相矛盾。夏

---

① 夏志清：《中国古典小说导论》，胡益民等译，合肥：安徽文艺出版社，1988年，第242页。

② 同上，第243页。

③ 同上，第245页。

④ 同上，第231页。

⑤ 同上，第245页。

志清指出，吴敬梓为严监生安排的两根灯芯的故事，也许"（是作者虚构，或是在一本笑话书中读到的），这个故事太妙了，以致难以割爱，这样，严致和就作为一个极端的吝啬鬼而死去，尽管这与前面章节给人的印象相矛盾。"①夏志清质疑这个细节的恰当性，体现了他敏锐的眼光和敢于打破定论的学术勇气和魄力。

在有关五河的一些故事（第四十四至四十七回）里，夏志清批评吴敬梓的讽刺艺术带有太多的个人感情色彩：他直截了当地揭露五河人的庸俗和唯利是图，对以彭乡绅为代表的暴发户的讽刺批判里充满仇恨，对接受贿赂的余家兄弟却大加赞赏。在这一部分的讽刺篇章中，可以明显感觉到吴敬梓的讽刺与别处不同，他将个人的好恶带进了讽刺中。在第四十四回中他写道："余家兄弟两个，品行文章是从古没有的。"②这样的过分夸张之辞是让读者难以相信、难以接受的。夏志清的批评让我们信服，由此可以看出他的文学审美的敏锐的感受力和深刻的洞察力。

二、对《儒林外史》结构的解读

在19世纪，还没有人对《儒林外史》的结构提出质疑。大约在"五四"前后，由于受到西方小说观念的影响，一些研究者开始对《儒林外史》的结构提出批评，这以后关于其结构优劣的论争一直没有停止。最早对《儒林外史》的结构表示不满的是蒋瑞藻《小说考证·拾遗》所引《缺名笔记》："《儒林外史》之布局，不免松懈。盖作者初未决定写至几何人几何事而止也。故其书处处可住，亦处处不可住。处处可住者，事因人起，人随事灭故也。处处不可住者，灭之不尽，起之无端故也。此其弊在有枝而无杆，何以明其然也？将谓其以人为干耶，

---

① 夏志清：《中国古典小说导论》，胡益民等译，合肥：安徽文艺出版社，1988年，第246页。
② 吴敬梓：《清凉布褐批评儒林外史》，陈美林批评校注，北京：新世界出版社，2009年，第519页。

则杜少卿一人，不能缩束全书人物；将谓其以事为干耶，则'势利'二字，亦不足以赅括全篇事情。则无惑乎篇自为篇，段自为段矣。"①鲁迅对《儒林外史》叙事结构的认识，或许受到西方小说结构观念的影响。他在《中国小说史略》中写道，"惟全书无主干，仅驱使各种人物，行列而来，事与其来俱起，亦与其去俱讫，虽云长篇，颇同短制"②，在《中国小说的历史的变迁》中也说它"是断片的叙述，没有线索"③。胡适认为："《儒林外史》没有布局，全是一段一段的短篇小品连缀起来的；拆开来，每段自成一篇；斗拢来，可长至无穷。这个体裁最容易学，又最方便。因此，这种一段一段没有总结构的小说体就成了近代讽刺小说的普通法式。"④

美国汉学界对《儒林外史》叙事结构的讨论，既有大体肯定的，也有大体否定的，总体而言，肯定的居多。海陶玮认为《儒林外史》没有情节和结构，全书由不断变换的人物所带动的事件勉强联系在一起的。⑤韦尔斯对《儒林外史》结构松散的观点提出质疑。在他看来，小说中人物的出场与退场、地理环境都表现出一定的逻辑性，首尾两回有着明显的呼应。⑥吴德安认为，《儒林外史》的内部形式是集体纪传体，人物、事件以相互交织、相互联系的方式沿着相同的方向移动发展，构成了小说完整的统一结构。⑦高友工指出，吴敬梓并没有按照史的写作习惯关注时间，而是将注意力放在人物和事件之中。第三十七回中的泰伯祠祭

---

① 蒋瑞藻：《小说考证》，上海：古典文学出版社，1957年，第561页。

② 鲁迅：《中国小说史略》，北京：中国书籍出版社，2016年，第197页。

③ 同上，第299页。

④ 胡适：《五十年来的中国文学》，台北：远流出版事业股份有限公司，1986年，第123页。

⑤ Hightower, James Robert. Topics in Chinese Literature: Outline and Bibliographies, Cambridge: Harvard University Press, 1953, p.104.

⑥ Wells, Henry W.. An Essay on the Ju-lin waishi, Tamkang Review, Vol.2, No.1 (1971), pp.143-152.

⑦ Wu, Swihart De-an. The Evolution of Chinese Novel Form, Ph. D., University of Princeton, 1990.

礼并不是传统意义上的情节线索高潮，而是象征意义自然呈现出来的高潮。①

夏志清对《儒林外史》的结构持肯定态度："《儒林外史》虽然由一系列彼此联系脆弱的故事组成，但还是有一个清晰可辨的结构。"②他将整个小说分为三个部分，外加一个楔子和一个尾声（第五十五回）（由此可见，夏采用的版本是五十五回本）。第一部分（第二回至第三十回）叙述了不同类型的人追逐功名富贵的故事，讽刺的对象除了追求名利地位的文人和假文人外，还包括许多类型；第二部分（第三十一回至第三十七回）构成整部小说的道德支柱，讲述主要角色杜少卿和南京的一些文人贤士的故事，集中于为泰伯祠祭祀的准备工作中；第三部分（第三十七回至第五十四回）由一组形形色色的故事混杂而成，没有明确的构思，只是断断续续的讽刺，其中不少是关于孝子、贞妇、侠士和武官异乎寻常的儒家行为，有传统的浪漫传奇的色彩。

《儒林外史》没有中心人物贯穿全书，没有连贯的故事，人物和故事倏来倏去、随起随灭。夏志清肯定《儒林外史》有一个结构，但并未明确是什么将小说一系列互不关联的故事连接起来，这是他的研究还不够深入的地方。《儒林外史》是一部思想性较强的作品，在中国古典小说中以思想见长。吴敬梓是一个具有思想家气质的小说家，他关心的是知识分子的整体命运，尤为关注知识阶层的精神独立性。他借助小说来完成对文人命运的历史反思，意在表现整个社会的灰暗现实，解构道德理想主义和情感理想主义。因此，吴敬梓的注意力不在讲故事，这样他

---

① Kao, Yu-kung. Lyric Vision in Chinese Narrative Tradition: A Reading of Hung-lou meng and Ju-lin wai-shih, in Andrew H. Plaks ed., Chinese Narrative: Critical and Theoretical Essays, Princeton: Princeton University Press, 1977, pp. 227-243.

② 夏志清：《中国古典小说导论》，胡益民等译，合肥：安徽文艺出版社，1988年，第248-249页。

笔下人物的个人的命运就被充分淡化了。在吴敬梓看来，周进后来怎么样了，范进后来怎么样了，这并不重要，没有必要明确交代一个个人物的命运。这种叙事方式是非常独特的，是在向多数人的阅读习惯挑战。

三、对《儒林外史》语言艺术的讨论

在夏志清看来，《儒林外史》不像很多中国章回小说沿用说书人的言辞，虽然作者仍最低限度地采用话本小说的某些形式：每一回都以对仗的两句为题，每一回都以"话说"开篇，结尾用韵文伴随"欲知后事如何，且听下回分解"的套话，但已避免运用诗词和骈文进行公式化的雕琢描写。他赞成钱玄同的观点，即《儒林外史》是运用民族的白话写作，是白话文学的典范。夏志清以为，没有哪一部古典小说的叙述文体像《儒林外史》这样纯净和富于表现力，晚清和民国初年的小说家竞相模仿《儒林外史》的语言风格，在现代的散文作家中，这一风格仍然具有积极的影响；吴敬梓是一个文风简朴的作家，简洁而精确地描写了所观察到的各种现象，他笔下的美丽景致充满了田园诗般的清新情怀，体现了古典的景物描写方式与白话散文的融合。例如第一回里的一段描写：

> 那日，正是黄梅时候，天气烦躁。王冕放牛倦了，在绿草地上坐着。须臾，浓云密布，一阵大雨过了。那黑云边上镶着白云，渐渐散去，透出一派日光来，照耀得满湖通红。湖边上山，青一块，紫一块，绿一块。树枝上都像水洗过一番的，尤其绿得可爱。湖里有十来枝荷花，苞子上清水滴滴，荷叶上水珠滚来滚去。[①]

夏志清以为，对于用传统方式写作的吴敬梓来说，他没有借助古典小说中惯常使用的诗词骈赋的语汇，却能够如此精确而生动地进行景物

---

① 吴敬梓：《清凉布褐批评儒林外史》，陈美林批评校注，北京：新世界出版社，2009年，第3页。

描绘，这不能不说是一个奇迹。

夏志清对吴敬梓在人物性格描写上简朴、自然的描写语言十分赞赏。在他看来，在引出小说人物时，吴敬梓不像中国早期的小说作者那样生硬地指示给读者，而是通过人物的言语和活动将人物形象自然生动地呈现出来。夏志清详细分析了第二回开头部分。他认为吴敬梓用精炼、简洁的白话交代了故事发生的时间和地点，对观音庵的简练的交代为人物的出场作了很好的铺垫。夏志清指出，作者没有说首先出场的申祥甫如何有威望，读者可以通过他对众人的发号施令，对和尚的大声叱责推测他的地位。申祥甫对和尚的呵斥自然地引出了荀老爹这一人物形象，也揭露了申祥甫的势利。在申祥甫与荀老爹的交谈中，巧妙地通过申祥甫的一句"等我亲家来一同商议"自然引入他的亲家夏总甲出场，使读者意识到这个夏总甲才是薛家集真正的当家人，也道出了申祥甫是依仗亲家的权势来耍威风的。让读者自己通过人物之间简短的对话去评判，这体现了古典小说中极为罕见的深刻的现实主义直觉把握。在夏志清看来，这种间接的戏剧性的表现的优点是明显的，并断定吴敬梓是中国小说史上第一个自觉地一贯运用这种表现方法的作家。夏志清指出，吴敬梓利用申祥甫的语言来揭穿夏总甲的谎言，而夏总甲却不慌不忙，厚着脸皮编造了一个借口圆了过去，使读者对夏总甲的自吹自擂、虚伪势利有所认识。吴敬梓通过简朴、自然的口语化的语言戏剧性地描写了人物性格，使读者认识到在这样一个社会环境中，几乎人人都是势利小人。

四、启示意义

夏志清对《儒林外史》的研究虽有洞见，但也有阙失。吴敬梓将《儒林外史》的历史背景假托在明代而不是他自己所处的清代，与许多中国学者的观点不同，夏志清认为这是出于吴敬梓个人对明代历史的兴趣，他的观点固然新颖，但可以看出明显受到西方个人主义影响，没有从宏观的社会背景来考虑。《儒林外史》表现了"邦有道则仕,邦无道则隐"的儒家思想。夏志清由此认定吴敬梓是万事求全的人,直接把社会的"无道"归因于个人而非社会,这显然是对吴敬梓创作意图的误读。这些或许都是由于夏志清受到西方个人主义思想的影响所致。夏志清虽然肯定《儒林外史》有一个结构,但认为小说没有明确构思、情节之间缺乏联系,这是受西方小说观念影响,以西方现代小说美学的标准来考量中国古典小说的利弊得失,是西方中心主义的体现。中国古典小说研究还是应该立足于中国文学、文化的传统本身,盲目照搬西方理论、一贯运用西方美学观点容易在对小说文本的理解上产生隔膜。

我们可以将夏志清对《儒林外史》的研究置于美国明清小说研究的脉络之中,注意其学术上的传承和演变。从思想史和文化史的角度研究《儒林外史》,将小说本身视为当时思想文化发展的内在的组成部分,是美国《儒林外史》研究的一个显著特点,那么,夏志清的研究与此有何关联?这是本课题今后进一步的研究需要回答的。我们要特别关注夏志清作为西方汉学界重量级批评家在《儒林外史》研究中的开创性贡献,又应注意他在西方文学立场观察中国文学所形成的隔膜。与在西方影响下发展起来的中国现代文学不同,独立发展的中国古典文学有其自身的发展、演变的规律,考察中国古典小说应将其置于中国传统文化的语境中,这是我们研究这一课题及类似课题时应该加以考虑的。

国内的《儒林外史》研究,从19世纪的评点开始已取得大量成果,考据、文体、语言、校注、文化、美学等各方面都有涉及,但研究方法还比较传统,很多研究成果是对前人学者的重复,缺乏一定的创新性。因此,吸收海外汉学界独到的研究视角和方法,有助于突破当前的研究困境,有助于国内学界进行自我反思和审视。国外汉学界的《儒林外史》研究,为国内研究提供了"他者"的视角、参照和洞见,对国内的古典小说研究有参考意义和启发作用,正如德国汉学家顾彬所言:"我们以新的眼光来看我们自己，不被局限于关于一个对象的一种形象，不局限于我们自己的一种观点，我们觉得在发现许多观点都是可能的时候，自身也丰富了。"①研究中国问题需要海外学者的参与，这样内在视角与外在视角互补组合，互为参照，互为镜鉴，才能构成更全面、准确、深入的认识和深度对话。还需要面对的问题是，如何让国内外的研究形成对接，并为国内研究提供有效的参照，这是值得我们深入思考的。

---

① 沃尔夫冈·顾彬：《误读的正面意义》，王祖哲译，《文史哲》，2005年第1期，第5-12页。

第三章　周祖彦的"阴阳转换"说

　　由于受中国封建社会男尊女卑思想影响，明清时期能够在社会上"抛头露面"的文人一般是男性，因而致力于对明清文人生活讽刺描绘的《儒林外史》，它的人物主要是由男性构成的。相应地，在文学研究中，批评家的注意力大多集中于在小说中起主导作用的男性人物上。1994年，美国学者周祖彦（Zuyan Zhou）在《阴阳两极互补：〈儒林外史〉中吴敬梓性别观念的关键》（*Yin-Yang Bipolar Complementary: A key to Wu Jingzi's Gender Conception in the Scholars*）[①]一文中，将注意力转向在某种程度上被忽视的女性人物，在考察《儒林外史》中的两性关系中探究吴敬梓的性别观念。

　　赵兴勤注意到明清之际的"才子佳人"小说空前地强调女子的才华。[②]孙庆良指出这种才能几乎总是要超过男主人公。[③]黄卫总觉察出在明清小说中有才华的女性人物中读者往往会发现存在男性作者的影子，

---

① Zuyan Zhou. Yin-Yang Bipolar Complementary: A key to Wu Jingzi's Gender Conception in the Scholars, Journal of the Chinese Language Teachers Association, Vol.29, No.1 (1994), pp. 1-25.

② 赵兴勤：《才与美——明末清初小说初探》，见《明清小说论丛（第4辑）》，沈阳：春风文艺出版社，1986年，第14-23页。

③ 孙庆良：《从〈好逑传〉看才子佳人小说的婚姻观》，见《明清小说论丛（第4辑）》，沈阳：春风文艺出版社，1986年，第44-54页。

那些男性作者在小说中将自己比作优秀的女主人公，间接地宣泄他们在生活中的失意。[①]周祖彦探讨了《儒林外史》中女性与男性相比较而言其价值标准、生活策略和道德状况，指出男性和女性在这部小说中主要被看作是互补的或类似的，尽管他们明显构成了相对的两极，而事实上是互相补充、互相促进的，有助于对人类心理和人类社会全面和深入的分析。他在文章中运用了中国人界定男女关系的传统概念阴阳，女性相对于男性被归类为阴，相应地，男性区别于女性被归类为阳。将这种形式的形而上学与当时的女性思想联系起来，使人认识了处于边缘化的阴和女性与居于中心的阳和男性之间的象征关系。

在早期的哲学思想中，儒家把阴和阳视作相互补充的力量。比如，在《易经》中，乾（阳）与坤（阴）相结合形成物质世界，但在治国和社会生活中提倡等级关系，因为权力结构和社会秩序需要长期固定以维持稳定。汉朝大儒董仲舒将这种等级观念理论化，他把君、父和夫确定为阳，臣、子，妻为阴。从那以后，阴阳二元论就从宇宙论上使男性对于女性的支配地位得以合理化。然而，这种对社会生活中阴阳等级的强调在晚明受到了挑战，激进的思想家李贽倡导两性间的一种对等关系。[②]这一观念的盛行在词语"女中丈夫"中得到生动的反映。清初思想家王夫之进一步阐述了性别融合概念，他声称："阳中有阴，阴中有阳。"[③]在周祖彦看来，这种对阴阳关系中对等压倒等级的反复强调，可以被视为一些文人对儒家过于保守的观念的纠正。

吴敬梓继承了这种开明思想，尽管当时纳妾很普遍，他却从没有

① Martin W. Huang. The Dilemma of Chinese Lyricism and the Qing Literati Novel, Ph.D. diss. University of Washington, 1991, p.144.

② 陈桂炳：《李贽的妇女观》，见许在全等：《李贽研究》，北京：光明日报出版社，1989年，第152-159页。

③ 王夫之：《周易外传》，北京：中华书局，1977年，第1页。

纳过妾，在第一位妻子去世以后才选择再婚。他的两次婚姻都是夫妇和谐和相互尊重，反映了夫妻之间基本的平等和互助关系。周祖彦认为，作为一名在科举考试中屡屡受挫的文人，吴敬梓强烈意识到他自己在父权社会中边缘的或者说是"女性"的地位。这种阳性身份的阴性因素意识，在他总是把自己比作一个女子的写作中有生动的反映。[1]在一首题为《古意》的诗中，他把自己比作被人抛弃的"妾"："妾年十四五，自矜颜如花，……岂知盛年去，空闺自长嗟。五陵轻薄儿，纷纷斗骄奢，遂言邻女美，弃妾不复夸。"[2]其中明显的暗喻，暗指他散尽家财后遭到主流社会排斥。他在生活中退居边缘很明显地强化了他对自己身份的女性意识。他的几个好友在博学鸿词科廷试中败北，他写了《贫女行》和《美女篇》自况，表达了辞却博学鸿词科廷试的思想。[3]这里，失意的文人以女性形象出现，意味着他们不认同男性的权力结构，而诗人自己则以"村女"和"民间神女"出现，透露了他不愿为世俗名利所束缚，向往儒家隐逸主义。

在周祖彦看来，吴敬梓在生活中对女性持平等的态度，以及在其性别身份中对阴的诗意的认同，流露出对阴阳互补的强烈意识和不言而喻的宣言，对他在小说中所展现的人类世界有重要影响。[4]在《儒林外史》中，男性人物大多是文人、官绅、名士、奇人和贤人，女性人物主要由妾、妓女、媒婆和文人的家人组成。不论是家庭还是社会，男性占据了中心地位，而女性被置于边缘。周认为，小说中阴阳的分类是重叠的，有时甚至是颠倒的：相对于男性的阳，女性被视为阴，但名士也被视为

---

[1]　Zuyan Zhou. Yin-Yang Bipolar Complementary: A key to Wu Jingzi's Gender Conception in the Scholars, Journal of the Chinese Language Teachers Association, Vol.29, No.1 (Feb. 1994), pp. 2-3.

[2]　孟醒仁：《吴敬梓年谱》，合肥：安徽人民出版社，1981年，第48页。

[3]　同上，第58-62页。

[4]　Zuyan Zhou. Yin-Yang Bipolar Complementary: A key to Wu Jingzi's Gender Conception in the Scholars, Journal of the Chinese Language Teachers Association, Vol.29, No.1 (1994), p. 3.

阴，他们的资助人是阳，有时好强和富有的女人被视为阳，而消极被动或贫困潦倒的男子被视为阴。明显的性别两极对立掩饰了人们性别身份的复杂流动性：在他们致力于道德超越或追求财富的过程中，男性和女性，中心和边缘，阴和阳，不是对立的两极，而是互惠的力量。从这种视角来看，阴阳两极是作者呈现的广大人类世界的互补的方面。

《儒林外史》的第一个女性人物是王冕的母亲，出现在开篇的楔子中，这是全书少有的直接基于历史记载的叙述。楔子中提到了功名富贵，这是普遍认同的全书的主题。吴敬梓将王冕作为奇才的历史形象转变成一名隐士艺术家，显然是把他作为衡量后来文人的参照系。《儒林外史》卧闲草堂评本第一回回评注意到开篇的三个无名的势力小人胖子、瘦子和胡子的象征意义："不知姓名之三人，是全部书中诸人之影子；其所谈论，又是全部书中言辞之程式。"[1]然而，没有评论家注意到王冕的母亲这个人物形象的意义，吴敬梓通过许多细节的描写将她塑造成具有男子气概的道德楷模，意在使其与儿子相配。比如，当儿子王冕拒绝知县的传见时，她鼓励他离家躲避些时日，这表现出她赞同王冕过隐逸生活。她临终遗言告诫儿子不要做官，体现了对功名富贵的蔑视，相对于效忠皇权和热衷官场，她更倾向于孝悌和隐士生活，这些价值观对王冕成为高尚的隐士有着重要影响。如果说作者理想化的人物是王冕，那么王冕的母亲可以说是女性的模范，如果儿子是男性的道德典范，母亲就是衡量所有女性人物的标杆式人物。在周祖彦看来，吴敬梓一开始就在全书的象征性框架中建立起阴阳两极的道德范式。尽管儿子和母亲被性别隔开，一个是朝廷急需的男性天才，一个是经济不能独立的文盲家庭主妇，他们的道德观有重合的地方，构成了阴阳互补，他们展现了作者儒家隐逸主义的理想化的道德观。这种男性和女性之间道德

---

[1] 朱一玄、刘毓忱：《儒林外史资料汇编》，天津：南开大学出版社，2003年，第255页。

认同的例子构成了小说的主体。^①杜少卿和他的妻子的和谐关系是很好的范例：他们在公众场合手牵手愉快地散步，全然不顾众人质疑的目光，体现出了对世俗的反叛，以及对官场的厌恶。同杜少卿一样，庄绍光和妻子饮酒、读诗、论学，表现了两性之间的相互尊重。《儒林外史》中数量不多的正面女性人物可以被看作是优秀文人的镜中像，与男性具有同样的美德，她们强化了男性的超脱精神。

在吴敬梓对清代社会的呈现中，他的讽刺锋芒指向男性对功名富贵的病态的痴迷，最典型的例子是对周进和范进的描写。周进科场屡屡受挫，在贡院里头撞号板不省人事，范进得知中举的消息后喜极而疯，鲁编修得到从编修升为侍读的消息喜极而亡。这些戏剧性的场景暴露出文人由于终生痴迷于功名，他们的精神状态极度不稳定，遇到很小的刺激就会崩溃。尽管女性人物在社会上处于边缘地位，获得功名富贵的机会也很有限，但也存在这种病态的痴迷，她们对于世俗成功的反应与男性有着惊人的相似。在周祖彦看来，在吴敬梓的喜剧世界中，女性人物经常充当男主人公的"影子"，反映了男性人物的精神状态。^②譬如，紧随范进喜极而疯之后，其母突然死去。这个终生受穷的老妇人在儿子中举后所带来的巨额财富面前喜极而亡，她最后说的话"这都是我的了"，是潜意识上对财富强烈的占有欲和渴望，这也是范进几十年来在科举考试中屡败屡战的动力。这母子俩对物质利益的迷恋可以解释他们共同的对最后成功的脆弱性，母亲作为功名富贵的间接的追逐者充当了儿子的"影子"。

周祖彦以为，结过三次婚的王太太是周进的影子。她在第二个丈夫死后想嫁给举人，当发现她第三个嫁的人不是举人而是戏子，"怒气攻

---

① Zuyan Zhou. Yin-Yang Bipolar Complementary: A key to Wu Jingzi's Gender Conception in the Scholars, Journal of the Chinese Language Teachers Association, Vol.29, No.1 (1994), p. 5.

② Ibid., p. 6.

心，大叫一声，望后便倒，牙关咬紧，不省人事"[1]。王太太的这一闹剧实际上是周进在贡院撞号板戏剧性场景的重演：这两个场景里对举人希望的落空导致了心理崩溃和丧失意识。[2]周祖彦把王太太和周进联系起来，指出了二者的关联，这一看法很有新意，国内学界还鲜有人论及。像范进和周进一样，鲁编修在女性世界的影子是他自己的女儿，她的思想与正统男性的世界观几乎相同。鲁小姐是个八股才女，同父亲一样痴迷官场，她性格中的性别反转在婚姻中得到了强化：她嫁给了一个不会中进士的少年名士，这样，传统的"才子佳人"模式被颠覆：年轻英俊的男子成为"佳人"，而博学的女子却担当了"才子"的角色。在中国古代，女子的职责主要是相夫教子，男子的目标是学而优则仕。这样鲁小姐对仕途的迷恋透露出男子式的抱负，这种抱负来自她的父亲，她在思想上像影子一样追随其父。因为是女子，鲁小姐只能期待通过家中的男性来实现她的愿望，当丈夫不能中举，她就把希望转向四岁的儿子身上，辅导他读书，担当了"父亲"的角色，成为她父亲形象的影子。在周祖彦看来，在鲁小姐身上，阴阳两极的区分是混淆的。尽管是一名女性，鲁小姐擅长传统上属于男性的八股举业，有着男子式的抱负，在家庭中扮演着男性的角色。在她的身份中，阴以某种方式转换为阳，表现了两性的互补和反转。周祖彦指出，女性人物的心理上有男性文人的阴影，处于不同性别地位的文人有着相同的行为方式，这表明在吴敬梓的小说世界中，男人和女人，男性化和女性化，中心和边缘，阳和阴，既分离又相互联系：一方的病态镜照、回应另一方，正像作为阴的象征的月亮反射作为阳的象征的太阳的光辉。

　　准名士丁言志找名妓聘娘谈诗，因囊中羞涩而遭到拒绝，在周祖彦

---

① 吴敬梓：《儒林外史》，张慧剑校注，北京：人民文学出版社，2002年，第285页。

② Zuyan Zhou. Yin-Yang Bipolar Complementary: A key to Wu Jingzi's Gender Conception in the Scholars, Journal of the Chinese Language Teachers Association, Vol.29, No.1 (1994), p. 7.

看来，丁言志是阴而聘娘是阳。①这种男性和女性之间的性别转换是对小说中阴阳互补的重新阐释，小说中的性别身份对他们的相互关系来说是相对的。比如，名士陈木南对于其资助人的阳来说是阴，但他对于聘娘的阴来说是阳，而聘娘在与丁言志的关系中却担当了阳的角色。因此，在构建身份时阴阳作为互补的原则共存。强势的女性在与弱势的男性的关系中占上风，这促成了阴阳两极的喜剧性反转。如擅长八股文的鲁小姐在想做名士的丈夫面前占上风，这主要是正统对旁门左道的胜利，她偏爱的人生道路是阳，因为它直接导向男性的权力中心。相比之下，通往名士的道路是阴。另一个凌驾于丈夫之上的女性是王太太，这个自大、泼辣的女人一心想当官太太，其丈夫鲍廷玺完全服从于她，这使夫妇关系中传统的婚姻等级发生了反转。像鲁小姐一样，王太太的男性化也归因于父权制度。周祖彦以为，这两个婚姻关系反转的例子表明，专制女人的倔强性格下隐藏的实际上是他们对功名富贵强烈的欲望。在某种意义上，这些女性被父权社会男性化了，她们反过来又把在婚姻中与她们并不相配的女性化男人男性化。这些夫妇之间性别身份的喜剧性反转进一步证明，阴阳两极的相互转换在吴敬梓的小说世界中占有显要地位。

在中国传统文化中，女性属于阴，男性属于阳。周祖彦关于《儒林外史》的研究对此有所突破，强调阴阳两极的相互转化，即女性也会转化为阳，男性也会转化为阴。这主要取决于男女两性在关系中的地位，女性占优势就转化为阳，相对地，男性就转变为阴。值得注意的是，周祖彦将女性居于优势地位与科举功名联系起来，从而赋予阴阳两极概念以更深刻的内涵和更广泛的意义。

---

① Zuyan Zhou. Yin-Yang Bipolar Complementary: A key to Wu Jingzi's Gender Conception in the Scholars, Journal of the Chinese Language Teachers Association, Vol.29, No.1 (1994), p. 16.

第四章　商伟的《儒林外史》研究

　　《儒林外史》直到1803年刊行，才逐渐从文人小圈子进入到更为广大的公众视野，影响越来越大。它虽然与同时代的《红楼梦》齐名，但流行的程度却不能与《红楼梦》同日而语，在六大古典小说中也不及其它四部。鲁迅为《儒林外史》之伟大不被人懂而叹息，他在《叶紫作〈丰收〉序》中写道："《儒林外史》作者的手段何尝在罗贯中下，然而留学生漫天塞地以来，这部书就好像不永久，也不伟大了。伟大也要有人懂。"[a]历来对《儒林外史》的理解与评价充满了争议。

　　《儒林外史》已被翻译成英、法、德、俄、日、韩、越、西、罗、捷、匈、意等多种文字，传播到世界很多国家和地区，受到广泛欢迎。国外许多学者对它进行了研究，取得了丰硕的成果。美国哥伦比亚大学东亚系讲席教授商伟先生是近年来海外汉学界对《儒林外史》研究有影响的学者，他的有关《儒林外史》研究的著述主要有：1995年博士论文 *The Collapse of the Taibo Temple: A Study of the Unofficial History of the Scholars*（泰伯祠的倾塌：儒林外史研究），1998年发表的英

---

a　鲁迅：《叶紫作〈丰收〉序（节录）》，见李汉秋：《儒林外史研究资料》，上海：上海古籍出版社，1984年，第289页。

文论文*Ritual, Ritual Manuals, and the Crisis of the Confucian World: An Interpretation of Rulin waishi*（礼仪、礼仪典章及儒家世界的危机：《儒林外史》的诠释），2003年以博士论文为基础出版的英文专著*Rulin waishi and Cultural Transformation in Late Imperial China*（Cambridge：Harvard Asian Center，2003），是英语世界研究《儒林外史》的第一部专著。该书的中译本《礼与十八世纪的文化转折：〈儒林外史〉研究》于2012年由生活·读书·新知三联书店出版，在学术界产生了较大的反响。清华大学凯风发展研究院和中华读书报为《礼与十八世纪文化转折：〈儒林外史〉研究》举办了一场专题读书会，一些著名学者就此书进行了认真的讨论，商伟教授对讨论作了回应。

　　美国汉学界的中国古典小说研究较少以单一文本作为专著的研究对象（如浦安迪《〈红楼梦〉的原型与寓意》），商伟的这部专著是近年来颇显例外的一个。他在中文版后记中写道："在校读之余，不得已又做了一些改写和加写。有的地方改动甚多，或涉及表述，或与内容有关。因此，现在呈现在大家面前的这本书，与英文原著比较起来已经有了很大的不同。当然，总的说来这还是一部十年前的书，现在拿出来，在原来的规模上做了一番增补润色，谈不上另起炉灶，也不可能系统地补充新的资料，只是希望能比当时做得稍好一点。"[①]对照中英两个版本，中译本在文字和内容上有所调整和增添，英文版中有的较长的注释被放在中文版的正文中，英文版中的"致谢"没有在中文版中出现，部分内容放在中文版的后记中。中文版每一部分的开始部分增加了小标题"导言"，其导论最后介绍全书内容的部分增加了小标题"全书概观"。此外，中文版增加了序言和后记，在其导论的末尾增加了一段对

---

① 商伟：《礼与十八世纪的文化转折：〈儒林外史〉研究》，严蓓雯译，北京：生活·读书·新知三联书店，2012年，第424页。

附录的介绍，这一段增加的内容回顾了有关《儒林外史》作者和版本问题的争议。

商伟打破长期以来的《儒林外史》研究范式和方法论，采用思想史的视角，重点讨论小说在叙事上的创新以及清代中期的礼学复兴争议，以18世纪文化转折及文人白话小说为《儒林外史》研究构建起一个新的参照系，重新激活了这部小说的阅读体验，充分显示了他的《儒林外史》研究的独到之处。

一、对《儒林外史》叙事结构的全新解读

大约在五四运动前后，一些学者由于受到西方文学思潮的影响，开始对《儒林外史》的叙事结构提出批评，此后，关于其叙事结构成败得失的论争持续至今。持大体否定态度的学者以西方小说观念来衡量，认为《儒林外史》叙事结构松散，缺乏贯穿始终的人物或故事情节。

持大体肯定态度的学者立足于中国传统小说的实际，发现了《儒林外史》叙事结构的独特价值，许多学者努力探究它具有民族特色的叙事手法，肯定它在叙事方式上的创新。杨义认为《儒林外史》的"结构形态有点类乎我国唐宋旧籍装帧形制中的'叶子'，……也称'旋风装'，以长幅之纸反复折叠，有若原、反、正、推的文章理路一样，往复回旋，是相当严谨而舒展自如的。"[①]吴组缃将《儒林外史》的结构概括为"连环短篇"式："它综合了短篇与长篇的特点，创造为一种特殊的崭新形式。这种形式运用起来极其灵活自由，毫无约束，恰好适合于表现书中这样的内容。"[②]孟昭连、杜志军分别从传统的讽刺文学、史传

---

① 杨义：《〈儒林外史〉的时空操作与叙事谋略》，《江淮论坛》，1995年第1期，第76页。

② 吴组缃：《儒林外史的思想与艺术》，见李汉秋编：《儒林外史研究论文集》，北京：中华书局，1987年，第39页。

文学的角度探讨《儒林外史》的叙事特征，提出了一些新颖的见解。[①]

　　美国汉学界对《儒林外史》的叙事方式进行了探讨。海陶玮最先对《儒林外史》的叙事方式进行了评论，对《儒林外史》的结构持否定态度。[②]夏志清虽然与当时其他学者一样认为《儒林外史》没有明确构思、情节联系薄弱，但提出它有清晰可辨的结构。[③]黄宗泰指出小说的叙事结构松散，其原因既可能是外在的，也可能是内在的；外在原因是原著有可能被篡改，内在原因是作者随意地将趣闻轶事插入小说，没能与小说的意图相融合。他经过分析认为小说的结构松散有可能是后人篡改造成的。[④]林顺夫认为《儒林外史》的叙事结构是作者有秩序地、自觉地加以组织的，完全可以与西方任何一部小说名著相媲美。他在英语世界首次提出"礼"为《儒林外史》结构骨架，礼是统筹全书结构的关键因素，小说的结构是充满礼仪的叙述结构。[⑤]高友工从抒情性的角度分析了《儒林外史》的特殊叙事结构，发现了小说中抒情手法的使用。[⑥]陆大伟从小说的开端、高潮、结尾以及微观结构和宏观结构等方面论证了《儒林外史》的结构是一个有机统一体，指出了中国古典章回小说结构的独特

① 孟昭连：《〈儒林外史〉的讽刺意识与叙事特征》，《南开大学学报（哲学社会科学版）》，1996年第2期，第66-80页；杜志军：《史传文学的影响与情节模式的突破——儒林外史的结构特征及其意义》，《河北学刊》，1993年第6期，第72-75页。

② James Robert Hightower. Topics in Chinese Literature: Outline and Bibliographies. Cambridge: Harvard University Press, 1953, p.104.

③ C.T.Hsia. The Classic Chinese Novel: A Critical Introduction. New York: Columbia University Press, 1968, pp. 224-225.

④ Timothy C. Wong. Wu Ching-tzu. Boston: Twayne Publishers, 1978, pp. 93-95.

⑤ Shuen-fu Lin. "Ritual and Narrative Structure in Ju-lin wai-shih." In Andrew H. Plaks ed. Chinese Narrative: Critical and Theoretical Essays. Princeton: Princeton University Press, 1977, pp. 256-265.

⑥ Yu-kung Kao. Lyric Vision in Chinese Narrative Tradition: A Reading of Hung-lou meng and Ju-lin wai-shih, in Andrew H. Plaks ed., Chinese Narrative: Critical and Theoretical Essays, Princeton: Princeton University Press, 1977, pp. 232-243.

性。①史蒂芬·罗迪指出，《儒林外史》的情节结构不够连贯，是插曲式的，没有什么将叙事情节凝聚成一个独立的整体。②

在商伟看来，《儒林外史》打破了传统的叙事形态，它的叙事方式的创新在中国小说史上具有划时代的意义。他对《儒林外史》叙事方式的探讨有其独到之处。他既从中国文学传统出发，又运用近年来美国汉学界从思想史的角度研究中国古典小说的方法，注重作者吴敬梓的思想状态、《儒林外史》的思想特征与它创造性的叙事方式之间的关联，以叙事方式重新解释小说的版本问题，在叙事修辞上以反讽替代讽刺。商伟先生的这一研究比以往的研究更为切近《儒林外史》叙事的原初面相。

商伟的研究特色在于进一步分析了《儒林外史》叙事结构的形成原因，认为小说整体结构接受了章回小说和白话短篇小说集的双重影响，对它在白话小说叙事模式上的地位作了深入考察。他指出，《儒林外史》继承了白话小说的传统，但也有许多创新实践，如放弃拟说书情境、取消贯穿首尾的人物、以独立单元代替连贯情节等。他探讨了小说如何通过叙事来参与儒礼的思想文化讨论，回应当时文人所面对的一些问题，阐明小说叙事视角的独特和叙事方式的创新所具有的重要意义。商伟说："出于对当时文人生活的敏锐感受，吴敬梓赋予了《儒林外史》以罕见的洞察力、思想上的省觉和深刻洞见，而这一切都只能以叙述的方式来表达，绝不可能化约为一个抽象的公式或明确的陈述。他在小说中所揭示的社会文化氛围和风气，更不是理论表达所能代替的。"③在这部小说中，传统叙事形态受到挑战，早期小说里的角色被模仿嘲

---

① David Lee Rolston. Theory and Practice: Fiction, Fiction Criticism, and the Writing of the Ju-lin wai-shi. Ph.D. diss., The University of Chicago, 1988.

② Roddy, Stephen J. Literati Identity and Its Fictional Representations in Late Imperial China. Standford: Standford University Press, 1998, p.87.

③ 商伟：《礼与十八世纪的文化转折：〈儒林外史〉研究》，严蓓雯译，北京：生活·读书·新知三联书店，2012年，第74页。

弄，经典的故事情节被变更，种种的叙事方式都潜在着传统叙事方式式微的趋势。

商伟考察了《儒林外史》的思想与其独特的结构和叙事方式之间的内在联系，探讨了小说的结构和表达方式如何有助于深刻表达其思想，小说背离传统的历史叙事与说书修辞，其整体结构和叙事方式的革新服务于思想深度，表现出对旧有观念的质疑和开放的全新叙事模式的构建。他认为小说是通过叙事的形式，流露出某种意向，来把握这个世界。《儒林外史》摆脱了传统章回小说说书人的套路，在中国小说史上第一次使用了散文体叙述，来呈现对生活的观察和理解，创造了章回小说全新的表述方式。商伟从史书叙述传统和说书修辞这两方面对小说的叙述方式进行讨论。他分析了正史与外史的差异，考察了小说与史传叙述传统的关系。正史代表了居于统治地位的意识形态，而外史从边缘的角度对历史进行批判性反思。《儒林外史》既自外于正史传统，又摆脱了白话小说范式。它反省并打破正史的叙述传统，质疑过去与现在的逻辑联系，运用开放式结构和多重视角，把世俗时间带入小说，让故事在时间的无目的和无序中自然展开。商伟强调了"外史"是一种叙述形式，是关于时间和史的观念问题。这部小说在叙述时间和结构等方面都摆脱了正史的纪传体的叙述模式，引入了处于不断变化中的时间因素，打破了传统的历史叙述在封闭的时间中自我演绎的写法。吴敬梓有时采用了近乎新闻体的写作，使小说叙述具有现在进行时的特征，让读者对他写作期间所经历的世俗时间有直接的感知。《儒林外史》描写的是一个正在展开的过程，"它在叙述的内容和形式上都体现出世俗时间的特质，一方面揭示出文人生活的趋向、模式和节奏，另一方面又将时间融入叙述的形式中，形成与时变迁的多重视角、当下性关注和开放式写作等特征。"①

---

① 商伟：《礼与十八世纪的文化转折：〈儒林外史〉研究》，严蓓雯译，北京：生活·读书·新知三联书店，2012年，第210页。

　　商伟对《儒林外史》叙事方式解读的思路是从思想史背景，到作者的思想状态，再到小说的叙事方式。18世纪上半叶，中国社会先后经历了宋代程朱理学和明代阳明心学的盛行，这两种思想均有缺陷，不能实现人的道德完善。人们把恢复和重建伦理道德的希望寄托在儒家"礼仪"上，当时热衷于探究和倡导"礼"蔚然成风，吴敬梓本人就是积极的参与者，他的《儒林外史》就反映了这种思想潮流。商伟从这种思想史背景出发解读《儒林外史》，深入追索吴敬梓的思想状态和心路历程，指出吴敬梓对一切都抱质疑的态度，揭示了《儒林外史》的彻底怀疑的思想特征与其独特的叙事方式之间的关系。在他看来，小说这种开放式的叙事方式是由吴敬梓不断质疑的思想状态和小说思想上的开放性决定的。

　　商伟进而指出，吴敬梓的这种思想状态也促使《儒林外史》的叙事方式有了创造性的改变。《儒林外史》标志着章回小说发展进入新的阶段。章回小说起源于说话艺术，说书人采用全知视角，以权威者的姿态对叙事进行精准把控，在叙述中对读者和听众进行教诲，"可以毫不掩饰地对其中的人物发表评论，作家的爱憎情感、人物的是非善恶一目了然"。[①]在这里说书人的立场代表了故事的内涵，故事的导向是确定的、单一的，具有强烈的封闭性，对读者和听众既有引导作用，也有限制作用。吴敬梓则并不以为自己全知全能，而是始终保持头脑清醒，用质疑的眼光审视一切，甚至也质疑自己曾经表示过的质疑，如小说中写到权勿用被官府捉拿，在后半部分又提到那是被人诬告，权勿用被无罪释放等。因此他具有很强的自我反省的能力，对小说中的人物和自己的过去都加以审视和批判。他不愿意以权威叙述者的姿态对故事发表评论，

---

① 傅承洲：《文人雅趣与大众审美的脱节——从接受的角度看〈儒林外史〉》，《文艺研究》2015年第2期，第63页。

而是"直书其事,不加断语,其是非自现也"。①他退居边缘的位置,将人物和事件直接呈现出来,使读者得以在这种呈现所带来的巨大的解释空间中进行多种解读。吴敬梓在小说中没有对未来提供肯定的建设性意见,只是表达了彻底的怀疑,但这种怀疑具有巨大的思想张力,其价值要远远大于那种常见的给出明确答案的文学作品,带给人们更多的启发。商伟指出了吴敬梓的思想状态及《儒林外史》在18世纪思想史上的地位,并阐明了这种思想状态与小说创造性的叙事方式之间的内在关联。廖可斌以为这些分析"属于真正的洞见,为《儒林外史》研究作出了重要贡献"。②

在商伟看来,小说在模仿说书修辞方面具有革命性。《儒林外史》没有完全使用说书人的全知视角,权威叙事者退位,颠覆了传统的叙述模式,瓦解了儒家的"宏大叙事"和"共同话语"。传统说书人对于叙事的精准把控在小说中荡然无存,人物和事件自然呈现,让人物自己或通过他者进行叙述,显示出相当的不确定性。在整个小说中,叙事者并没有给读者提供整合、具有优势的途径来理解对话。人物大多都以对话的方式表现其性格特征,叙事者的观点也没有插入其中。第二十八回龙三的出现就是一个典型的例子,一个小说中的人物龙三出场时没有介绍或解释,读者不得不自己想象他是谁、他到那儿干什么。"在这一短暂的插曲中,叙述者并没有给我们提供一个特许的角度来理解人物的对话。人物在对话中展现自身,而没有经过叙述者的声音的媒介。"③龙三插曲显示了传统的说书人的缺席,诠释必须留待读者自行处理,这是

---

① 吴敬梓:《儒林外史汇校汇评》,李汉秋辑校,上海:上海古籍出版社,2010年,第60页。

② 廖可斌:《文本逻辑的阐释力度——读商伟教授新著〈礼与十八世纪的文化转折:儒林外史研究〉》,《江淮论坛》,2015年第1期,第20页。

③ 商伟:《礼与十八世纪的文化转折:〈儒林外史〉研究》,严蓓雯译,北京:生活·读书·新知三联书店,2012年,第248页。

《儒林外史》逸出传统小说范式的结果，彰显了它在叙述上的创新。它刷新了白话小说的叙述模式，实现了文人小说的独立，标志着古典小说文人化达到了新的高度。商伟认为，18世纪章回小说发展到新阶段，以《儒林外史》和《红楼梦》为代表的一批作品第一次确立了文人小说主角的地位，以叙事的方式讨论了当时社会、文化和思想等领域的重要问题，参与了当时的社会文化转折。《儒林外史》强烈的自我反省的意识内嵌到叙事模式之中，不断的自我质疑构成了小说叙事的驱动力。

胡晓真认为："明末清初小说呈现出传统与反传统势力的对抗，而十八世纪的文人小说则企图由冲突中吸取叙事动力，《儒林外史》就是最佳范例，小说中重整道德的热诚与反讽道德沉沦的力道不但并存，而且还分别达到高峰。"[1]黄宗泰指出，商伟注意到《儒林外史》"开头的楔子受到十七世纪中期金圣叹评点和腰斩《水浒传》很大影响，此外，它的结构很多方面采用了《水浒传》总体设计"，"但是他没有真正地问为什么像黄小田这样的传统评家不注意第三十七回在整个叙事中的地位，为什么卧闲草堂版的评家把第三十七回看作'主高潮'只是重复金圣叹描述《水浒传》第七十回相似的话"。[2]

现在看来，《儒林外史》打破了传统的叙事模式，瓦解了儒家的"宏大叙事"和"共同话语"，它的叙事创新在中国小说史上具有划时代的意义。商伟将《儒林外史》置于白话小说的历史中探讨它在叙事上的创新，深入分析了小说叙事方式的形成原因，认为小说继承了白话小说的传统，但也有许多创新实践，如放弃拟说书情境、取消贯穿首尾的人物、以独立单元代替连贯情节等。

商伟以叙事创新重新解释版本问题。关于《儒林外史》的版本，

---

① 胡晓真对商传的书评见《汉学研究》2003年第2期，第442页。

② Timothy C. Wong. Review: Rulin waishi and Cultural Transformation in Late Imperial China, Journal of the American Oriental Society, Vol.124,No.1, p.164.

一直有"五十卷""五十六回""五十五卷""六十回"四种不同的观点，其中"六十回"版本为后人妄增，已有定论，但其余版本孰是孰非，至今仍争论不休，争议的焦点集中于第五十六回是否为吴敬梓本人所作。晚清人金和最初提出第五十六回为伪作。房日晰、陈美林、陈新、杜维沫、谈凤梁等人均持"五十六回"说，章培恒等人主要从叙事时间的错位与矛盾等方面认为第五十六回及部分内容为后人窜入的伪作。

商伟以为《儒林外史》不存在伪作的问题。他指出："以小说叙述时间讹误为依据来确认《儒林外史》的作者身份和版本真伪，迄今为止仍然只是一个引人遐想的话题而已，既得不到现存版本的支持，也找不到伪作者的明确证据。"①与国内学者不同，他从《儒林外史》的叙事方式对这一问题做出了全新的阐释。在他看来，吴敬梓尝试了新的写作实验，使小说变成开放式的，把当时人们的生活写进去。"吴敬梓一方面赋予了他的小说一个固定的总体性的叙述时间构架，但是另一方面却又经常为他笔下人物的当代原型的生平时间所左右，使他的小说叙述呈现出正在展开中的当下性的特征，因此往往与预设的封闭的时间框架产生冲突。"②李鹏飞对《儒林外史》叙事时间错误作了全面辨析，认为确实存在这些问题，但不赞成将这些错误当成第五十六回及部分内容为伪作的证据。③

郑志良发现了宁楷《儒林外史题辞》，认为第五十六回为吴敬梓本

---

① 商伟：《〈儒林外史〉叙述形态考论》，《文学遗产》2014年第5期，第133页。

② 商伟：《礼与十八世纪的文化转折：〈儒林外史〉研究》，严蓓雯译，北京：生活·读书·新知三联书店，2012年，第29页。

③ 李鹏飞：《〈儒林外史〉第五十六回为吴敬梓所作新证》，《中国文化研究》，2017年第1期，第26-41页。

人所著^①（后来发现的吴敬梓《后新乐府》又支持了这一观点^②）。叶楚炎撰文与郑志良商榷，^③认为宁楷本人的作品以及其他相关资料可以考证出，《修洁堂初稿》一书的完成不会早于乾隆二十八年（1763年），也便是在吴敬梓去世至少十年后方才成书，而从诸多方面的综合考察可以看出，宁楷很有可能便是《儒林外史》第五十六回的增补者。接着，郑志良又发表文章进行回应^④，叶又刊发文章与郑进行探讨^⑤。目前，关于《儒林外史》原貌问题的讨论仍在持续，所以这一问题并未解决。

由小说叙事时间的错位与矛盾而判定第五十六回为伪作是不能成立的。《儒林外史》创造性地将传统史书的编年体、纪传体和纪事本末体这三种叙事方式融合在一起，分散的人物、事件在同一主题下被连接在一起，使小说中的人物变成了纵向的历时存在，因此难以避免地导致了小说中叙事时间的前后矛盾。这是一种叙事方式的创新，是吴敬梓为了达到特定叙事效果、实现创作意图而有意为之，体现了他的艺术匠心。编年体、纪传体和纪事本末体三种史书写法融合在一起是很困难的。《儒林外史》融合了这三种叙事方式，它们内在的紧张与冲突导致了小说叙事时间的错位与矛盾。

在缺乏新的证据的情况下，有关《儒林外史》版本问题的讨论只能是推断性的。商伟的推断只是一种大胆的假设，但他以叙事创新重新解

---

① 郑志良：《〈儒林外史〉新证——宁楷的〈儒林外史题辞〉及其意义》，《文学遗产》，2015年第3期，第31-37页。

② 郑志良：《新见吴敬梓〈后新乐府〉探析》，《文学遗产》2017年第4期，第158-166页。

③ 叶楚炎：《〈修洁堂初稿〉及〈儒林外史题辞〉考论》，《文学遗产》，2015年第6期，第135-146页。

④ 郑志良：《〈修洁堂初稿〉成书时间考——再谈〈儒林外史〉的原貌问题》，《江淮论坛》，2018年第4期，第156-163页。

⑤ 叶楚炎：《〈修洁堂初稿〉及〈儒林外史题辞〉续考——再与郑志良先生商榷》，《中国文化研究》2020年第1期，第129-145页。

释版本问题是大有新意的。更重要的是，他看待版本问题的新的视角，引发研究者深入思考这部小说的开放性叙事结构和叙事时间的当下性，这样就在小说的版本问题与叙事结构之间建立了一种连接。由此看来，小说研究的各个方面不是孤立的，而是相互联系的，如果能超越所研究问题本身，在与另一问题的连接处着手，就有可能推进问题的解决。

　　商伟在叙事修辞上用反讽替代讽刺。反讽不同于讽刺，广义的反讽是指所想、所言、是非之间存在的各种差异现象。如果只是把《儒林外史》当成社会讽刺小说来读，那就会丢失很多东西。正如美国学者安敏成所言："《儒林外史》关注的不是提出对世界的学理的或说教的解释，而是探讨在所难免具有时代和历史局限性的世界，道德意图和任何一种理想的可操作性之间的距离。"①对商伟来说，讽刺不是应用于《儒林外史》的一个特别有用的模式，他发现最有价值的探索不是吴敬梓的社会批判而是自我反省，吴敬梓最显著的成就是发展"一种无情审视自己的价值观和假设的批判性话语模式"。②

　　当前还鲜有对《儒林外史》反讽的探讨，对其讽刺的研究仍居于主导地位。商伟对根据讽刺的模式来解读《儒林外史》持保留态度。长期以来，人们以为这部小说以隐逸作为最高理想来讽刺文人社会，他却认为"这样一个解读显然没有触及它真正的深刻性和复杂性，反而将小说平面化了，纳入了一个非正即反的简单构架"。③他用西方文学传统中的"反讽"修辞来替代"讽刺"，并强调指出"我们这里所说的反讽，显

①　Marston Anderson. The Scorpion in the Scholar's Cap: Ritual, Memory and Desire in Rulin waishi," in Culture & State in Chinese History: Conventions, Accommodations, and Critiques, ed. Theodore Huters, R. Bin Wong, and Pauline Yu, Stanford: Stanford University Press, 1997, p.275.

②　Shang Wei. Rulin waishi and Cultural Transformation in Late Imperial China, Cambridge: Harvard University Asia Center, 2003. p.282.

③　商伟：《礼与十八世纪的文化转折：〈儒林外史〉研究》，严蓓雯译，北京：生活·读书·新知三联书店，2012年，第373页。

然不只是一个叙述手段和技巧，而且涉及了某种态度和观察、应对，以及处置世界的方式"。①在美国汉学家浦安迪看来，"中国明清长篇章回小说的作者一方面模仿说书人的口吻，讲述一个引人入胜的故事以吸引观众，另一方面又谨守文人作'文'的文化规范，二者形成鲜明的对照，后者也对前者构成一种'反讽'"。②《儒林外史》的史传意识与说书情境的要求构成一种反讽；③《儒林外史》第一回和五十六回是模仿说书人口吻，借鉴了《水浒传》的架构，但第一回设定的道德标准却在此后的叙述中变得模糊了，这正是语境化反讽的效力。

《儒林外史》历来被看作是讽刺小说、谴责小说，"讽刺"一直被视为《儒林外史》最突出的审美特征，商伟认为这是非常保守的评价，他注意到整部小说通过对文人生活的反讽性描绘，展现了道德沦丧、文人的生存危机和精英政治的破产。这部小说在他眼中也是诗意小说，诗意与反讽共存，无疑增强了小说的张力。在他看来，诗意和反讽既是叙述手法，也是作者写作的一种方式，他把这些跟"礼"联系在一起，诗意体验是礼的个人化部分。

当前国内对《儒林外史》修辞的研究，集中于从总体上、结合具体章节、与中外文学经典比较等不同角度论述其讽刺艺术，商伟则将目光投向更加深远广阔的层面上，他没有局限于修辞的语言学意义，而是着眼于其美学上的创造意义及叙事的核心功能之一。他认识到《儒林外史》作为文人小说，对儒家社会的反讽与道德想象悖论性的并存。

需要指出的是，商伟从反讽角度看待《儒林外史》中奇女子沈琼

---

① 商伟：《礼与十八世纪的文化转折：〈儒林外史〉研究》，严蓓雯译，北京：生活·读书·新知三联书店，2012年，第372页。

② 浦安迪：《中国叙事学》，北京：北京大学出版社，1996年，第102页。

③ 王薇：《试论〈儒林外史〉叙事的修辞品格》，《明清小说研究》，2000年第1期，第125页。

枝，现在来看是难以成立的。他对沈琼枝"窃赀以逃"的行为持否定态度："在客观的叙述中展示了沈琼枝'屡设机穽，以利人之所有'，以及'窃赀以逃，追者在户'等对杜少卿的看法相当不利的情节。在这样一个叙述语境中，杜少卿对沈琼枝发表的高调评价只不过是众多声音中的一种，未必占了上风，反而显得过于天真，听上去不无反讽意味。"[①]井玉贵对此有详细的辨析。在他看来，沈琼枝"窃赀以逃"与《水浒传》中鲁智深在桃花山"窃赀以逃"同属豪侠行为，不足为病，"不宜从日常道德角度加以批评"，况且，"沈琼枝偷窃的对象宋为富，是一个深为吴敬梓等文士所憎恶的暴发盐商"，"更何况，宋为富娶沈琼枝为妾是一桩骗婚行为"，此外，沈琼枝把事情的来龙去脉对杜少卿夫妇和盘托出，足见她的光明磊落，杜少卿对她大加赞赏，"根本就不将沈琼枝窃逃的行为视为过错"；"吴敬梓肯定沈琼枝窃逃的行为，还有一层非常现实的考虑，即让她孤身一人来南京谋生前，便具备站稳脚跟的经济基础"。[②]井玉贵的论断清晰可靠、切中肯綮，是能够让人信服的。

商伟指出，《儒林外史》开放式的结构特点主要归因于吴敬梓不断怀疑的思想状态以及小说思想上的开放性。他探讨了小说如何通过叙事来参与儒礼的思想文化讨论，回应当时文人所面对的一些问题，阐明小说叙事视角的独特和叙事方式的创新所具有的重要意义。"对文人日常生活的潜心观察使吴敬梓得以勾勒出一个广阔的视阈来阐释礼仪主义的问题关注，而他所采用的叙述方式则在礼仪主义者（比如颜元）所不能企及的更深的层面上，展现出儒家世界的危机，并且暴露了他们观念和表述中的盲点、缺漏、前后不一、言不及义，以及意味深长的缄

---

① 商伟：《礼与十八世纪的文化转折：〈儒林外史〉研究》，严蓓雯译，北京：生活·读书·新知三联书店，2012年，第302页。

② 井玉贵：《金陵惊鸿——奇女子沈琼枝形象的诞生及其文学意义》，《中国古代小说戏剧研究》，2017年第十三辑，第63-72页。

默。……正是小说叙述为吴敬梓提供了一个特殊的视角，使他能同时看到儒家礼仪的价值和它的局限与矛盾，而后者毫无疑义是当代的礼仪主义者本人所意识不到的。"①商伟说："出于对当时文人生活的敏锐感受，吴敬梓赋予了《儒林外史》以罕见的洞察力、思想上的省觉和深刻洞见，而这一切都只能以叙述的方式来表达，绝不可能化约为一个抽象的公式或明确的陈述。他在小说中所揭示的社会文化氛围和风气，更不是理论表达所能代替的。"②

《儒林外史》在叙述中引进了时间性，其时间性体现在几个不同层面上，可以说它是一部生长型的小说，从中可以看出小说作者吴敬梓思考的过程以及思想前后的变化，也可以看到吴敬梓本人的心路历程。商伟强调了小说的自我反省和自我质疑的精神，这同时具有思想深度和文体革新的双重意义。他以为《儒林外史》的叙事是一个开放的体系，并没有下一个明确的结论，小说的结尾与前面的内容构成一种辩难或矛盾的关系。这体现出小说作者自我怀疑的暧昧态度，不仅怀疑自己肯定过的价值，而且也怀疑对自己否定的事物所做的批判。难能可贵的是，小说最后仍然保持对人性、自然和美学的信仰，没有陷入彻底的虚无，由此可以看出，其本质上仍是儒家的。

小说第五十六回与全书的基本思想倾向不一致，其真伪问题长期以来饱受争议、悬而未决，商伟从《儒林外史》的写作方式对这一问题作出了新的阐释。他认为《儒林外史》对什么都没有真正的肯定或否定，是一个开放的体系，吴敬梓的思想一直处于变化之中，写出这样的一个结尾也是有可能的。吴敬梓使小说变成开放式的，把当时人们的生活写

① 商伟：《礼与十八世纪的文化转折：〈儒林外史〉研究》，严蓓雯译，北京：生活·读书·新知三联书店，2012年，第16页。

② 商伟：《礼与十八世纪的文化转折：〈儒林外史〉研究》，严蓓雯译，北京：生活·读书·新知三联书店，2012年，第74页。

进去，这种写作方式是革命性的。"《儒林外史》采用了一个开放性的叙述模式，并且呈现出一个正在展开的、充满了自我否定的过程，而正是这样一个过程造成了小说主题和叙述上的巨大张力。"①吴敬梓这样一种反躬自省的态度增强了小说的反讽性，使小说达到了新的思想深度。

何满子先生认为第五十六回暗示了一个反讽，他在解读中找到了贯穿整部小说的讽刺语调，即把万历皇帝的陈述置于一个反讽的语境中。商伟以为这一反讽读法暗示了将第五十六回整合进《儒林外史》整体结构的一种方式。商传同意何、商两位学者认为最后一回反讽写法蕴含深意的观点，但他也提出了不同看法，他指出，"这里面却有一个历史误点，就是对于万历皇帝及晚明的评价问题。万历朝是明朝乃至中国历史上政治相对最为宽松的时期，万历皇帝虽然不上朝，但并不是不问政，不然就不会有那么多不符合他意愿的奏疏留中了。吴敬梓显然受到了需要推敲的清朝官方传统说法的影响：明亡于万历、天启，非亡于崇祯。"②作为历史学家的商传教授的这一观点值得我们深入思考，这涉及小说中历史书写以及文学与历史的关系等重要问题。

商伟阐明了《儒林外史》在叙事方式上的创新和叙事视角的独特是革命性的，对于揭示儒礼所面临的危机具有重要意义，"暴露了他们观念和表述中的盲点、阙漏、前后不一、言不及义，以及意味深长的缄默"③。在整个小说中，叙事者并没有给读者提供整合、具有优势的途径来理解对话。人物大多都以对话的方式表现其性格特征，叙事者的观点也没有插入其中。

---

① 商伟：《礼与十八世纪的文化转折：〈儒林外史〉研究》，严蓓雯译，北京：生活·读书·新知三联书店，2012年，第409页。

② 商传：《从明代历史看〈儒林外史〉》，《中华读书报》，2013年4月10日，第10版。

③ 商伟：《礼与十八世纪的文化转折：〈儒林外史〉研究》，严蓓雯译，北京：生活·读书·新知三联书店，2012年，第16页。

　　鲁迅曾说："自有《红楼梦》出来以后，传统的思想和写法都打破了。——它那文章的旖旎和缠绵，倒是还在其次的事。"①商伟称："这个说法用在《儒林外史》上也同样合适，甚至更为恰当。"②《儒林外史》的叙事方式虽然对中国小说传统有所继承，但吴敬梓进行了大胆的革新尝试，形成了与众不同的叙事方式。然而自晚清以来，由于一些小说家对《儒林外史》对叙事方式的简单模仿，加之西方文学思潮的冲击，导致一些研究者对《儒林外史》的叙事方式表示不满。虽然也有不少学者对它的叙事方式予以积极肯定，努力挖掘其独到之处，但似乎未能完全揭示出吴敬梓独具特色的艺术匠心。商伟对《儒林外史》叙事方式的全新解读可以说最为接近吴敬梓创作的最初面貌，推进了对《儒林外史》叙事的真实面相的探讨。需要指出的是，他的这一研究也存在着一些不足。

　　商伟关注叙事方式与文化转折的连接，从思想史的角度展开对《儒林外史》叙事方式的研究，体现了近年来美国汉学界研究中国古典小说的特点。商伟不是用西方某一种理论来解读《儒林外史》，而是将它置于中国古典小说发展的脉络中，显示了他对中国小说叙事模式传统的深刻观察。相比之下，一段时间以来，一些西方学者立足中国文学本体、从中国人传统的致思途径出发，对中国文学的阐释很有说服力，这是值得我们深思的。

二、《儒林外史》儒家礼仪的文化立场

　　五四运动以来，讽刺和社会批判被看作《儒林外史》的标志，预设并不断强化了这一规范化解读的视角。鲁迅指出《儒林外史》是中国

---

① 鲁迅：《中国小说史略》，北京：中华书局，2014年，第305页。
② 《商伟：《礼与十八世纪的文化转折：〈儒林外史〉研究》，严蓓雯译，北京：生活·读书·新知三联书店，2012年，第1页。

讽刺小说发展的里程碑，他在《中国小说的历史的变迁》中写道："讽刺小说从《儒林外史》而后，就可以谓之绝响。"①自鲁迅后，《儒林外史》被大部分学者视为"讽刺小说"。胡适认为《儒林外史》的主旨是批判科举制度，他提出吴敬梓受了"颜习斋、李刚主、程绵庄一派的思想的影响，故他的讽刺能成为有见解的社会批评"。②这里的"颜习斋、李刚主、程绵庄一派"指的是颜李学派。张天翼以讽刺小说家的眼光对《儒林外史》文本作了详尽的分析，他的讽刺小说创作受到了《儒林外史》很大的影响。茅盾指出，《儒林外史》"辛辣地讽刺了当时的在'八股制艺'下讨生活的文人"。③20世纪80年代以来，"注重探究文学作品内在的而非外部的规律，从美学、文化学等多个角度而非单纯的认识论和阶级论的角度解读文本"④是《儒林外史》研究的重要特点。但是，总体而言，对《儒林外史》的评价并没有超越"五四"学者对其做出的"讽刺小说"和社会批判的论断。

然而，近几十年来，一些西方学者已经开始探索其他的《儒林外史》研究方法。高友工注意到这部小说的抒情境界；黄卫总考察了其自传性中明显的自我批判和自我否定；陆大伟将它置于传统小说鉴赏的语境下，认为将之看成小说作评点绝非显在而是潜在的绝佳范例。在美国汉学界中，林顺夫首次以在中国传统文化中具有重要地位的儒家礼仪作为研究《儒林外史》道德倾向和叙事结构的中心。在他看来，"礼"是统筹全书结构的关键因素，小说的结构是充满礼仪的叙述结构。⑤安敏成和罗迪的研究

① 鲁迅：《中国小说史略》，北京：中华书局，2014年，第303页。

② 胡适：《中国章回小说考评》，北京：中国社会科学出版社，2013年，第436页。

③ 茅盾：《茅盾全集（第23卷）》，北京：人民文学出版社，1996年，第323页。

④ 陈文新：《吴敬梓与〈儒林外史〉》，郑州：中州古籍出版社，2019年，第256页。

⑤ Shuen-fulin. Itual and Narrative Structure in Ju-lin wai-shih. In Andrew H. Plaks ed. Chinese Narrative: Critical and Theoretical Essays. Princeton: Princeton University Press, 1977, pp. 256-265.

对《儒林外史》中的儒礼都有所论及，但还不够深入。[①]

商伟以"礼"贯穿整个《儒林外史》，从小说对"礼"的质疑和重建为切入点，用"礼"去解读《儒林外史》，将"礼"的议题进一步具体化、历史化，深入地探讨了小说如何参与到作者所处时代关于"礼仪主义"的论争中。在这部小说所涉及的各种脉络中，最重要的是清代的礼学复兴论争以及历史构建的观念。吴敬梓是18世纪十分投入当时思想论述的小说家，他以小说叙述的方式思考和回应了18世纪思想界关注的核心问题，即怎样恢复儒家的礼仪。《儒林外史》是中国18世纪文化转折过程中的一个突出现象，它生动表现了当时读书人的心路历程，即希望用"礼"来整顿社会、再到对"礼"产生怀疑以至失望、继而陷入更深的苦闷和迷茫。商伟以18世纪的考据学与礼学为重要的学术背景，将《儒林外史》研究纳入它所处时代的社会文化语境，从宏观的视野来观察清代初、中叶的社会变革。他认为小说关注当时的思想文化，对儒家思想进行了深刻的反省，触及了礼这一儒家社会的核心问题，以叙事的独特方式参与到18世纪关于"礼仪主义"的论争中。他将吴敬梓置于颜元学派及南京文化圈的语境中来考察。小说既与颜元学派对话，也与南京文化圈的儒礼实践呼应。

商伟借鉴西方学者芬格莱特（Herbert Fingarette）和史华兹（Benjamin Schwartz）有关儒学的论述，将《儒林外史》中的儒礼分为"二元礼"和"苦行礼"。"二元礼"指的是礼的双重性，二元礼在言辞上是神圣的，在现实中却受到世俗利益关系的制约，这不仅包括礼被曲解和误解，还有就是礼本身的暧昧性，这是商伟的创见。他指出小说中很多对礼的叙述，都不大能在思想史和正史的叙述中见到。二元礼也

---

① Roddy, Stephen J. Literati Identity and Its Fictional Representations in Late Imperial China (Standford: Standford University Press, 1998), pp.1-8, 87-146, 207-210.

被商伟称作言述礼，士人模仿圣人发言，使得礼成为一种言论或言述，而不再是实践，这是儒家生活的一个基本的模式，与世俗利益、体制和权力密切相关。商伟对小说头三十回进行分析，以"二元礼"为线索，将周进、范进、匡超人、鲁小姐、严贡生、王仁、王德这些人物和情节贯穿起来。我们可以看到士大夫阶层如何利用儒礼谋求个人私利。儒家道德已沦为可以操作的现实利益交换机制，而这一道德危机正是"二元礼"的必然结果，"二元礼"的危机和运行方式在此展现无遗。"二元礼"造成了文人缺乏诚信、价值扭曲，以及虚伪和言行不一。

"二元礼"自然是小说反讽与批判的主要对象，而"苦行礼"则是对前者的反动，是追求理想性、自主性、纯净性的实践之礼，这种礼注重儒礼的神圣性，必须与政治、社会的利益分割，不得与现实妥协，要求回归儒家古典的礼仪传统，反对"空谈"和"内省"，试图重建儒学的权威性和正当性。苦行礼既参与又超越世俗秩序，这是对二元礼危机的回应，意在摆脱二元礼的双重性。苦行主义与弃世类型的宗教实践并不能划等号，这对于正确理解苦行礼是至关重要的。苦行礼既有超越性，也有实践性，即以行动代替言述，后者是颜元的礼仪主义所强调的。小说的后半部分构建了一个理想的儒礼，集中体现在第三十七回的泰伯祭祀典礼中，泰伯祠成为"苦行礼"的象征，意在否定现存经济利益关系，切断与政治世界的联系，在礼的实践方面强调彻底性和绝对性。然而这一"苦行礼"的道德想象存在着过度、夸张的倾向，表明将礼仪主义推到极致，把儒家伦理绝对化。这就造成了新的问题，呈现始料未及的反讽效果，如王玉辉鼓励女儿殉夫，他的礼仪实践成为对权力的操控和攫取。极端的"苦行礼"反而造成了人性的沦丧。商伟在专著中用了很大篇幅来论述王玉辉这个人物，现在来看还有欠深入。井玉贵考证了王玉辉女儿殉夫的原型，采用了一些新材料，对这一问题做了更深入的分析。①井玉贵跟商伟都强调了经济因素在王玉辉女儿殉夫的悲剧中的作用。单纯讲封建礼教，不足以解释这一悲剧。吴敬梓很了不起的一点，是挑明了固守礼教观念的人，一旦事情发生在自己和亲人身上，现实的痛苦会狠狠地教育他。所以女儿去世后，王玉辉悲痛欲绝，此前各种文字记载一般只会赞扬殉夫行为，而极少去写失去亲人后那种真切的痛苦。井玉贵在文章中称此为划时代的文学创举。

到了小说第五十四回，泰伯祠的坍塌象征着构建儒礼最终失败了，更表现了小说作者自我反思的高度，表现了《儒林外史》作为文人小说的本质。泰伯礼标志着苦行礼实践的开始，其代表的一个新的理想愿景，在小说末尾的市井四奇人那里才得以实现，礼变成了个人技艺修养和审美体验，变成了个体率性自足的生命状态。礼的实践的败亡使人从个人的生存方式和内心生活中寻求自我拯救，这是"礼失而求诸野"，表达了吴敬梓的某种精神和价值的诉求和高度的自省能力。这样商伟向我们清晰地展现了小说中有关礼的叙述和思考的演进脉络。

商伟认为小说在批判"二元礼"的同时也质疑和反思了"苦行礼"。小说最后的市井四奇人，各自以琴棋书画为乐，却以开茶馆、做裁缝等为职业。这四位市井奇人形象与小说开头所塑造的王冕这个人物形象是互相呼应的。他们追求审美修养和诗意体验，沉醉于艺术，而非以此作为谋求个人私利的工具，这种抒情理想和诗意场域是从外在的世俗世界转向内在自我，代表了道德理想与美学理想的完美结合。这个礼不同于泰伯礼那样的仪式操演，也不同于王玉辉、郭孝子的苦行礼实践，这种礼的个人化部分是尽可能地去恢复礼乐居首的"六艺"传统，也是对《礼记》"无声之乐"和"无体之礼"的重新诠释。

---

① 井玉贵：《王玉辉的追求与悲剧——程襄龙〈唐烈妇传〉的发现及意义》，《励耘学刊》2018年第1期，第323-341页。

在吴敬梓的笔下，儒礼已经扭曲变形，使士人异化，他们利用它谋求个人私利，其言辞与行为的悖反构成深刻的讽刺；这些异化的儒生反过来又对礼造成损害，导致了儒家世界的最终解体。"二元礼"欺世盗名，"苦行礼"又远远不能解决18世纪的深重危机。小说末尾以诗意化的、个人化的方式呈现，吴敬梓在最淳朴的智慧里找到了儒家礼仪的奥义，即日常之心，由此不仅最终完成了对儒林世相的批判，也实现了对其的理解。与吴敬梓同时代的颜李学派注重"礼"的实践性，乾嘉考据学热衷于考证古礼，他通过《儒林外史》深刻表达了对这一切的怀疑，因此达到了当时思想界的最高水平。

"礼"是贯穿《儒林外史》全书的核心线索，"历史"和"叙述"都是理解这部小说的核心课题，这三个方面相互交织在一起。"历史"和"叙述"对理解二元礼或言述礼十分重要，因为言述礼与历史和叙述紧密关联。商伟揭示了儒家世界中用言辞代替行动的隐秘机制，指出了儒礼的危机与最终破产。吴敬梓把小说文人化了，文人关注的问题、经历、想象、传闻，都能写进小说里，可以想象给当时读者是怎样的震撼。商伟审视了泰伯神话，探讨小说的道德想象与自我反思，揭示小说的自我批判，指出文人小说是以自己的方式对所处时代的思想、文化和学术等领域重要问题进行探索和回应。他提出小说的诗意场域和抒情体验，探讨文人如何创建一个属于自己的精神家园，蕴含了对苦行礼及其最终失败的反思。这体现了小说的自我反省和诗意特质，对理解这部小说有重要意义。

美国汉学界对商伟儒家礼仪的文化立场做出了回应。黄宗泰认为，"商伟研究的价值在于对围绕着第三十七回泰伯礼的细致思考，这些思考支持他的观点，即对礼仪主义的探讨构成了《儒林外史》的核心"；"然而，以礼仪主义为核心使《儒林外史》的很多部分没有得到很好的理解，或者因此而被相对忽略了，如第一回及前三十回"；"没有直接应对《儒林外史》的传统的开头中建立的明显的道德标准，是商伟研究的一大不足"。[1]在Maram Epstein看来，商伟比一般人更深入地论述了第三十七回泰伯礼在结构上和思想上的中心地位，礼的模式的两种区分对商伟的分析是至关重要的，如果他对术语的选择作出解释并把框架建立于有关礼的当下文学上，那么他对这两种礼的讨论就会更有力度；商伟把庸俗的二元礼与叙述联系起来，然后将叙述看成是否定和腐败的，这样使他的分析显得有点混乱；商伟可能过分强化了泰伯礼的超越性，而弱化了其落实于世俗规范的初衷及其与文人群体之外更大的世俗共同体的关联，不管是从吴敬梓还是更宽泛的清代的观念来看，商伟对于礼与世俗世界之间的关系都作出了误判，把泰伯神话和儒礼实践混在一起，始终把非时间性的礼与世俗世界对立起来。[2]Allan H.Barr指出，"商伟在强调视角主义时没有真正解释第四十四回至四十八回叙述中强烈的派系口吻的出现，他对礼的兴趣可以说导致对小说最后三分之一礼之外的话题的相对忽视。"[3]

商伟的研究引起了中国学者的关注和讨论。廖可斌认为"礼"的双重性是与生俱来的，对其在18世纪何以形成巨大的反差提出疑问。商伟以为第四十七回方盐商的故事显示了吴敬梓对商人势力崛起的焦虑，但廖可斌对吴敬梓是否仅仅是"焦虑"提出质疑，他认为礼不是一成不变的，可以进一步探究吴敬梓对礼的发展走向的思考。廖可斌的看法是有说服力的，礼不是一个固定的模式，它在18世纪发生了怎样的变化，又有怎样的发展趋向，这都是值得继续探索的。《儒林外史》中有关市井

---

[1] Timothy C. Wong. Review: Rulin waishi and Cultural Transformation in Late Imperial China, Journal of the American Oriental Society, Vol.124, No.1, p.162.

[2] Maram Epstein. Review: Rulin waishi and Cultural Transformation in Late Imperial China, The Journal of Asian Studies, Vol. 64, No.1, (Feb., 2005) pp.178-179.

[3] Allan H.Barr. Review: Rulin waishi and Cultural Transformation in Late Imperial China, Harvard Journal of Asiatic Studies, Vol.64, No.1, p.152.

四奇人的描写，商伟将之视为吴敬梓的"诗意想象"，廖可斌认为这种分析稍显简单，他以为应解释为一种对现实人生道路的探索。[①]这涉及文人阶层的分化、重组以及文人的身份认同等问题。吴敬梓是具有思想家气质的小说家，他深沉的忧患意识是儒家的，在困惑和质疑中包含了希冀和向往，它们是相互交织在一起的，我们应从这一层面去认识吴敬梓思想的复杂性。

　　陈来对商伟提出的"二元礼"和"苦行礼"两个概念提出质疑，认为"苦行礼"在历史上没有根据，"也没有这么说的"，所以是不能成立的。他指出，礼可以有很多元，德与礼是两个互不相关的范畴，郭孝子的孝行是德的范畴，不是礼的范畴，因此并不是礼。[②]商伟在回应中写道，"这样把德与礼割裂成两个互不相容、至少也是互不相关的范畴，与小说内部的思路不符，吴敬梓本人大概也很难苟同。从儒礼讨论的立场来看，同样也站不住脚。"[③]显然他们俩对礼的概念的理解不同，商伟对礼的理解比陈来的理解要宽泛一些。商伟指出这里还有一个基本的方法论问题，他用这两个概念"恰恰是为了探索儒学传统内部发展出来的新的可能性"，在他看来，使用当事人自己的语言来解释他们的思想和行为并非最佳选择。这一见解是完全正确的。确实，"我们今天使用的很多学术术语，都不是前人的原生态的语言，只是我们自己并不自觉罢了"。[④]陈来指出，商伟强调苦行的意义是受到了韦伯关于儒家入世苦行观点的影响，商伟则认为，他使用苦行这个概念并不是全面接受韦伯的理论，而是要在"儒家这样一个入世的价值系统中去寻求对世俗权力和

① 廖可斌：《文本逻辑的阐释力度——读商伟新著〈礼与十八世纪的文化转折：《儒林外史》研究〉》，《江淮论坛》，2015年第1期，第34页。

② 陈来：《二元礼、苦行礼的概念成立吗》，《中华读书报》，2013年4月10日，第9版。

③ 商伟：《对〈礼与十八世纪的文化转折〉讨论的回应》，《中华读书报》，2013年4月24日，第13版。

④ 同上。

利益关系的否定和超越"。①

杨念群也对"二元礼"和"苦行礼"表示怀疑，认为这两个概念在儒家典籍中找不到来源。杨念群深化了商伟有关二元礼的论述，对二元礼践行困境的历史根源作了深入探讨。他不赞成用"以行动替代言述"作为"苦行礼"的特征，不同意把"二元礼"看作只注重言辞而忽视行动的礼仪；他以为泰伯礼并不是苦行礼的表现，而只是文人偶尔的兴之所至；第四十八回王玉辉纵女殉夫揭示了二元礼内部无法克服的矛盾，这反映了儒家名实之间的矛盾，"对二元礼内在紧张的批判，也就不宜成为一种绝对的学术预设，或予以简单的道德谴责。"②

刘紫云指出，如果能将"二元礼"和"苦行礼"这两个概念"放诸当代有关'礼仪主义'的历史研究语境中来界定和衡量，或许会更有说服力"。③赵刚认为，商伟"讨论的应该说是明清思想史中一个重要而尚未为人注意的问题。他之所以注意到这个问题，在于他没有把自己的吴敬梓研究限于传统的启蒙个性论框架之内"。④他不赞成将英文版中的"dualistic ritual"翻译为"二元礼"，认为"二元礼"是指礼教的异化，礼从仪式规范异化为实现个人私欲的工具，应归因于履行礼仪者的心术和态度；"礼"等词语约定俗成的意义与商伟所赋予的意义不同，容易导致中文版读者产生不必要的误解。胡晓真将"dualistic ritual"翻译为"对应之礼"，认为"这个翻译并不能完整传达作者的原意；简单地说，这个词指的是儒者号称上应天、下应人的最高价值，而实际却是为

---

① 商伟：《对〈礼与十八世纪的文化转折〉讨论的回应》，《中华读书报》，2013年4月24日，第13版。

② 杨念群：《影响18世纪礼仪转折的若干因素》，《华东师范大学学报（哲学社会科学版）》2014年第3期，第10页。

③ 刘紫云：《评商伟著〈礼与十八世纪文化转折：儒林外史研究〉》，《国际汉学研究通讯》，2013年第7期，第350页。

④ 赵刚：《礼教的异化和拯救》，《东方早报》，2015年8月30日，第5版。

了维护社会、政治秩序与权威而设的礼，只在儒者的语言文字中自我衍生，而不必付诸实践。"[1]沈洁就商伟对"二元礼"的二元区分是否合理提出质疑，"是否预示研究者本身即是外在于历史的，而外在即意味着隔阂、对立的被制造？"[2]

美国汉学家林顺夫打破这一定论，在英语世界首次提出"礼"为《儒林外史》结构骨架。在他看来，礼是统筹全书结构的关键因素，小说的结构是充满礼仪的叙述结构。[3]

吴敬梓在《儒林外史》中描述了两种不同类型的儒礼及其运作机制和后果，这是他对18世纪文化转折的突出贡献。在商伟看来，二元礼"不可避免地会导致对礼的行为的双重性解释，因为履行礼仪义务本身既可以是出自道德冲动，也可能是为利益所驱使"。[4]它既是儒家终极价值和意义的来源，也同时构成了维系和巩固世俗社会政治等级秩序的合法手段，贯穿了《儒林外史》头三十回所呈现的社会、道德生活的方方面面。刘紫云对此持怀疑态度，她还指出，商伟教授"建立'礼仪主义'视角时，似乎回避或部分遮蔽了对其他因素的考量"。[5]西方学者Maram Epstein 则指出，商伟教授"可能过分强化了泰伯礼的超越性，而弱化了其落实于世俗规范的初衷及其与文人群体之外更大的世俗共同体的关联"。[6]

---

[1] 胡晓真对商伟的书评见《《汉学研究》2003年第2期，第444页。

[2] 沈洁：《他们的命运早已注定》，《东方早报》，2013年1月27日，第7版。

[3] Shuen-fu Lin. Itual and Narrative Structure in Ju-lin wai-shih. in Andrew H. Plaks ed. Chinese Narrative: Critical and Theoretical Essays. Princeton: Princeton University Press, 1977, pp. 256-265.

[4] 商伟：《礼与十八世纪的文化转折：〈儒林外史〉研究》，严蓓雯译，北京：生活·读书·新知三联书店，2012年，第17页。

[5] 刘紫云：《评商伟著〈礼与十八世纪文化转折：《儒林外史》研究〉》，《国际汉学研究通讯》，2013年第7期，第359页。

[6] Maram Epstein. Review Rulin waishi and Cultural Transformation in Late Imperial China, The Journal of Asian Studies, Vol. 64, No.1 (2005), p.179.

三、思想史诠释

与许多华裔学者一样，商伟兼有中西教育背景。他本科、硕士毕业于北大中文系，后来留校任教，研究魏晋南北朝隋唐诗歌，1988年赴哈佛大学东亚系攻读博士学位，师从西方汉学大家韩南教授研究古典小说。商伟觉得古典诗歌与社会的接触面太小，所以转向研究小说戏曲，还选修了人类学和社会学的课程，想从别的学科来考察小说戏曲的丰富现象。

将小说纳入思想史的脉络来研究，是近年来美国汉学界中国古典小说研究的一大特点。《儒林外史》无疑是一部很适合从思想史的角度进行研究的作品。"它是第一部有意识地对儒家的思想观点和儒家精英社会进行剖析的小说，展示了18世纪清代中叶的社会风俗。它对知识分子的生活和精神状态、士大夫的理想进行了反思，并从儒林的危机引发出深刻的社会批判。它反映了18世纪知识界探索礼仪文化和重建伦理道德的思想潮流，回应着作者所处时代的学术论争和思想议题。"[①]宁宗一在《说不尽的〈金瓶梅〉》[②]中称《儒林外史》是"思想家的小说"，与"诗人的小说"《红楼梦》、"小说家的小说"《金瓶梅》并举。

吴敬梓是具有思想家气质的小说家，他的思想从总体上说是儒家思想，但与做官的士人不同，作为体制外的儒生，吴敬梓在没有获得现实利益的同时，也因其在野的身份使他具有深刻反思的能力，使他对于社会的观察和批评更有深度和力度。他以在野的视角反思科举制度的弊病，重新激活了儒家思想。许倬云教授在讨论古代知识分子时说道："古代的知识分子失业的一些成员，仍旧保有知识分子的条件，他们仍

---

① 邹颖：《美国的明清小说研究》，南京：南京大学出版社，2016年，第266页。

② 宁宗一：《说不尽的〈金瓶梅〉》，天津：天津社会科学院出版社，1990年。

旧知道礼仪和传统。原来传统已失去了神圣性，于是传统的持守人，就不能不追问传统的意义何在，寻找对于传统的新解释，甚至提出一些新的宇宙观、社会观及人生观。对于过去视所当然的道理，这些人会提出疑问，也会进一步地思考。"　"由疑问而反省，并遽然提出新的见解（如孔子和先秦诸子）这才能突破与超越习俗与神秘，把古代文化提升到所谓枢轴时代的新境界。"①从这里可以对吴敬梓之所以具有深刻的反思与批判的能力有较深入的理解。

《儒林外史》是一部思想性较强的作品，在中国古典小说中以思想见长，它对各种问题进行深入思考，如人生问题、学术问题、艺术问题等等，并以独特的叙事方式，以讽刺的笔调表达出来。吴敬梓讽刺那些追逐名利的文人，表现整个社会的灰暗现实，解构道德理想主义和情感理想主义。胡适是"新红学"的创始人，却贬抑《红楼梦》而推崇《儒林外史》。1959年，他在一次演讲中说："如果拿曹雪芹和吴敬梓二人作一个比较，我觉得曹雪芹的思想很平凡，而吴敬梓的思想则是超过当时的时代，有着强烈的反抗意识。吴敬梓在《儒林外史》里，严刻地批评教育制度，而且有他的较科学化的观念。"②1960年，在《与高阳书》中胡适又说道："……《红楼梦》在思想见地上比不上《儒林外史》，在文学技术上比不上《海上花》（韩子云），也比不上《儒林外史》……"③胡适认为："他（吴敬梓）是个文学家，又受了颜习斋、李刚主、程绵庄一派的思想的影响，故他的讽刺能成为有见解的社会批评。"④胡适从《儒林外史》立足于儒家、社会和责任来扬《儒林外史》而贬《红楼梦》。陈文新指出："《儒林外史》对科举制度负面影响的描绘，乃

---

① 许倬云：《中国古代文化的特质》，厦门：鹭江出版社，2016年，第137、138页。

② 胡适：《胡适红楼梦研究论述全编》，上海：上海古籍出版社，2013年，第257、258页。

③ 同上，第290页。

④ 胡适：《中国旧小说考证》，北京：商务印书馆，2014年，第557页。

是基于吴敬梓的厚重的儒生情怀和敏锐的社会观察。吴敬梓对人生问题的关注和思考从《儒林外史》的基本内容便可看出。"①吴敬梓借助小说来完成对文人命运的历史反思，小说看似冷静客观的描写下蕴含着他的主体思想和情感。

商伟研究领域以明清时期的小说戏曲为主，兼及唐诗研究，并涉猎思想史、文化史、出版文化和阅读史等领域。他从思想史和文化史的角度研究《儒林外史》，将小说本身视为当时思想文化发展的内在的组成部分。《儒林外史》是一部思想性很强的小说，对其研究很适合使用这一研究方法。它展示了18世纪清代中期的社会风俗，对士大夫的生活、精神状态和理想进行了反思，揭示了儒林的危机，反映了18世纪知识界重建伦理道德的思想潮流，触及了儒家精英社会的一些核心问题及其深刻困境，回应了18世纪的学术论争和思想议题。18世纪的思想文化领域中发生的根本性的转变导致了儒家世界秩序的解体。《儒林外史》参与了这些历史性的变革，对它们作出了批判性回应，对18世纪思想文化转折作出了贡献。《儒林外史》在中国思想史、文化史和文学史上具有难以取代的地位。

商伟已经超越了单纯的小说研究，而进入思想史的广阔视野，他指出："吴敬梓以小说的形式，深刻揭示了儒家的言述危机及其体制根源。在这方面，没有谁比他做得更好了。从写作时间上看，它早于戴震和凌廷堪等人关于礼的论述；它的直觉洞见是当时的思想论述难以匹敌，也无法替代的。"②美国学者艾尔曼在他的专著《从理学到朴学：中华帝国晚期思想与社会变化面面观》中写道："社会规范的变化经常导致新的学术领域的诞生，宋明理学向清代考据学的转变已证实了这一

① 陈文新：《吴敬梓的情怀与哲思》，合肥：安徽文艺出版社，2018年，第20页。

② 朱又可：《以小说形式揭示儒家的言述危机——哥伦比亚大学东亚系教授商伟谈〈儒林外史〉》，《南方周末》，2018年7月12日，第22版。

点。新学术的冲击改变了儒学的追求，使之由追求道德理想人格的完善转向对经验性实证知识的系统研究。"①他认为，清代考据学的思想和学术方法冲击甚至解构了传统儒家经典。商伟以清代考据学（朴学或汉学）及"礼仪主义"的相关讨论来解读《儒林外史》，深刻展现了思想史和文学史的关系。

四、重释"文人小说"

商伟在《礼与十八世纪的文化转折》的开篇将《儒林外史》定位为"文人小说"，作为展开论述的出发点，"《儒林外史》在传统中国文学中的突出地位，很大部分归因于它是文人小说的巅峰之作。"②美国汉学家浦安迪在《明代小说四大奇书》一书中提出了"文人小说"概念。陈文新指出，文人小说的主要特征体现在"第三人称限知叙事、有意赋予文本以不确定含义和将诗心与写实融合方面"。③在商伟看来，18世纪的文人小说"……发展出了自己独具特色的价值取向和叙述方式。……它们通常密切关注当时知识界的问题，又往往从文人的知识储藏，尤其是从儒家礼仪主义和关于古代文本与制度的考据研究中汲取资源，并且通过章回小说的叙述形式，与当代的思想学术对话，从而形成了十八世纪文人小说引人注目的独特视野"④。

18世纪的思想、文化转折主要表现在考据学的兴盛和儒家"礼仪主

① 艾尔曼：《从理学到朴学：中华帝国晚期思想与社会变化面面观》，赵刚译，南京：江苏人民出版社，2018年，第28页。

② 商伟：《礼与十八世纪的文化转折：〈儒林外史〉研究》，严蓓雯译，北京：生活·读书·新知三联书店，2012年，第1页。

③ 陈文新：《明清章回小说的表达方式与文言叙事传统》，《上海师范大学学报（哲学社会科学版）》，2010年第1期，第76页。

④ 商伟：《礼与十八世纪的文化转折：〈儒林外史〉研究》，严蓓雯译，北京：生活·读书·新知三联书店，2012年，第4页。

义"的兴起，商伟在这一语境下探究小说的内在精神。对儒家社会的反讽与对儒家道德规范的渴望并存、结合，这是文人小说中的一个叙述呈现的模式。作为文人小说的《儒林外史》集中体现了反讽锋芒与道德想象，折射出18世纪思想文化内在的张力和悖论。

商伟对"五四"学者将《儒林外史》视为讽刺小说的论断持保留态度，他通过文本细读认识到吴敬梓笔下的儒礼世界复杂的纹理和构成，用西方文学的概念"反讽"更妥当一些。商伟教授重新定义文人小说，在正史的权威叙述之外寻求道德想象。以《儒林外史》为代表的文人小说与17世纪反传统作品的区别在于："吴敬梓对正史叙述权威的质疑并没有导向玩世不恭或虚无主义。相反，这种质疑构成了他重建儒家秩序的努力的一部分。……十八世纪的文人小说家却试图在一个被摧毁的叙述和话语世界的废墟上，去构建他们的道德想象。在这方面，吴敬梓比他的同代人都更投入，他的小说暗示出一个新的儒家愿景，即建立在苦行礼实践的绝对秩序之上的礼仪化世界。"[1]吴敬梓探索文人小说的批判功能，将《儒林外史》构造成一个批判性的媒体，让它用不断的自我质疑来维系道德想象，批判性可以从叙事创新和道德想象这两个层面来理解。《儒林外史》"外史"的定位赋予其自省的文化品格和独特的文本特征，将"世俗时间"带入到小说叙述时间中，摆脱了传统正史叙事中时间的封闭性，改写了正史权威叙事模式。作为文人小说的《儒林外史》有着一种强烈的自我意识，在构想理想愿景时，也没有回避所存在的局限，其叙事模式中内在地包含了自我反省的意识。对于礼仪主义理想的既认同而又怀疑的暧昧姿态，往往是《儒林外史》叙述中让人困扰的部分。

作为文人小说家，吴敬梓借鉴已有历史资源，采用多重视角，运

---

[1] 商伟：《礼与十八世纪的文化转折：〈儒林外史〉研究》，严蓓雯译，北京：生活·读书·新知三联书店，2012年，第24页。

用章回小说的形式来表述自己的所思、所想、所见、所闻。以《儒林外史》为代表的文人小说在叙事上的创新是革命性的。商伟探讨了《儒林外史》的创新叙事方式如何服务其思想深度。《儒林外史》流行的程度不能与《红楼梦》同日而语，在中国六大古典小说中也不及其它几部，鲁迅为它伟大之不被人懂而不平。这其中的原因除了其特殊题材之外，还与它独特的叙事方式有关。陈文新和欧阳峰在《论〈儒林外史〉对故事的规范》一文中写道："小说严格采用客观叙事，叙述者对其中的故事和人物基本上不发表意见，而由读者自己去思考去理解，虽然作者采用多种方法对它的故事进行规范，但这种规范是不充分的，其文本意义存在着大量耐人寻味的不确定性。"[①]商伟提出"共同话语"这一概念，它指的是"儒家话语的大众版本，它与其它来源的价值观、生活智慧和常识相互混合，也相互补充。……强调面向公众的言说和书写怎样构造了社会的公共价值观"[②]。

《红楼梦》《儒林外史》《野叟曝言》《歧路灯》《绿野仙踪》这些文人小说刷新了人们对章回小说的认识，在主题、题材等方面发生了很大改变。它们以叙述的方式参与了当时的文化转折，使章回小说这样一个处于边缘位置的文体处理了当时的社会、文化、思想和学术等领域的重要问题。18世纪文人小说内在的张力和悖论在于其对文化传统的暧昧矛盾的姿态：将对传统文化的总结和反省融合在一起。《儒林外史》这样一部文人小说是一个批评性的媒体，富于文人化的创新，涉及文化危机和文人道德。它反思已有的叙事模式，不断进行自我否定，不仅批判现实世界，也反省自身的假定观念。吴敬梓对正史权威叙述的质疑并

---

① 陈文新、欧阳峰：《论〈儒林外史〉对故事的规范》，《求是学刊》，2001年第5期，第91页。

② 商伟：《礼与十八世纪的文化转折：〈儒林外史〉研究》，严蓓雯译，北京：生活·读书·新知三联书店，2012年，第249-250页。

没有倒向虚无主义，而是将小说作为文人进行社会批判的载体。作为文人小说的《儒林外史》，小说叙事的驱动力来自其不断的自我质疑和强烈的自我意识，这从某种意义上重释了文人小说。

五、跨学科研究的方法论意义

商伟的研究体现了跨学科的特点。商伟的研究穿梭在文学与思想史之间，运用人类学、社会学等多种方法，打破学科界限，注重学科交叉与融合，大胆突破原有的研究格局和成说，抛弃画地为牢的僵化思维，拓展解读古典小说的视野，提出不少新颖的洞见，为进一步研究提供了新的论题。

商伟《礼与十八世纪的文化转折：〈儒林外史〉研究》一书的跨学科视角是其显著的特色。关于该书的方法论，他在中文版序言中写道："那就是如何将考据、文本细读和理论建构结合起来，帮助确认切入小说叙述的线索，或落实它与外部语境的历史关联，然后通过对小说文本的持续性细读，来把握它在儒礼批判和重建过程中不断演进和自我调整的脉络和动力。"①文本细读来自西方文学理论的"新批评"传统，在今天的文学研究中仍然发挥作用。商伟对文本的深度细读给人的印象是非常深刻的，同时，他将文本细读与传统的考据相结合。在理论建构上，他没有套用某一种西方理论，而是以《儒林外史》中的儒家礼仪来搭建自己的理论框架，体现了他在方法论上的自觉与自省。我们不难从该书看出，商伟在美国学术语境中汲取西方理论资源，并结合中国传统文学、文化研究进行转化论述。从这个意义上说，该书在方法论上的启发无疑是深刻的。

商伟讨论的焦点是文人、学术与文化传统问题。他阐述了两种代表性的历史诠释，即艾尔曼和周启荣对18世纪学术走向的观察。艾尔曼认为

---

① 商伟：《礼与十八世纪的文化转折：〈儒林外史〉研究》，严蓓雯译，北京：生活·读书·新知三联书店，2012年，第9页。

考据学者在学术上是反传统的，是反儒家思想的；周启荣则主张考据学不是对儒学的反动而是复活。商伟批判性地继承了这两种诠释，并从两者的交叉与矛盾处找到他自己诠释18世纪文化转折的切入点。商伟吸收西方汉学理论资源，以艾尔曼《从理学到朴学：中华帝国晚期思想与社会变化面面观》和周启荣《清代儒家礼教主义的兴起：以伦理道德儒学经典和宗族为切入点的考察》这两部著作为基础形成了自己的理论架构与前提预设。艾尔曼从新文化史的视角考察学术共同体的演变过程，提出了"学术职业化"的观点。①他揭示了18世纪的考据学者是"学术上的偶像破坏者"，而考据学在18世纪思想学术中的主导地位动摇了儒家信仰体系的基础。周启荣主张"将清代考证学的研究放在促成礼教主义兴起的复杂历史脉络中"，②在他看来，考据学者和礼仪主义者大体属于同一个文人群体，儒家礼教主义与考据学难以分离，为同一种意向所驱使。

　　商伟从思想史和文化史的角度研究《儒林外史》，将小说本身视为当时思想文化发展的内在组成部分，这一视角与以往的视角无疑构成了对话关系。商伟"以十八世纪的文化转变和礼的变化为重心，看似远离通常文学史研究的传统路径，其实更适合解读《儒林外史》这类旨在社会批判的文学著作"。③在他看来，《儒林外史》所呈现的文化思考的方向与深度，是单纯用思想史无法来解释的，文学诠释与思想史之间的关系，正是他十分在意的。他反对将小说视为了解思想史的工具，也反对以思想史来分析小说，而主张"文化分析"（引自文化人类学者克利福德·格尔茨的用语），"因为《儒林外史》的'厚描'或'深度描

---

① 艾尔曼：《从理学到朴学：中华帝国晚期思想与社会变化面面观》，赵刚译，江苏人民出版社2012年版，第5页。

② 周启荣：《清代儒家礼教主义的兴起：以伦理道德、儒学经典和宗教为切入点的考察》，毛立坤译，天津人民出版社，2017年版，第11页。

③ 赵刚：《礼教的异化和拯救》，《东方早报》，2015年8月30日，第5版。

述'，比当时的理论话语更多地告诉我们儒学论述的困境和礼仪主义者的挣扎，而叙述的内涵及其剩余视野也绝非任何同时代的儒家学者的自觉的理论表述所能囊括。"①商伟直接说明了自己的研究方法，值得我们对此倍加留意。Yuet Keung Lo以为，商伟"对'厚描'与他的研究的相关性和适用性没有作出论证。"②

格尔茨所谓"厚描"（thick description），指的是人类学者在进行民族志写作时深度观察与思考的方式，即"从以极其扩展的方式摸透极端细小的事情这样一种角度出发，最后达到那种更为广泛的解释和更为抽象的分析"。③"这种'厚描'的文化史的研究方法，与美国学界自新批评以来的'细读'传统相呼应，可以说形成了一种更广泛的'文本细读'方法，包括文学文本和非文学文本的细读。"④格尔茨将民族志写作比喻为阅读一个文本。小说所呈现的是一个众声喧哗的世界，这使小说比思想史对文化的分析更有阐释力。"文化人类学者以文本阅读来比喻行为的解释，我们的文学研究者则又以民族研究来说明小说的诠释，这本身就是二十世纪后半以至今日人文社会学界的重要现象。"⑤

五四运动以来，一般认为《儒林外史》是反叛儒家伦理思想的社会批判小说，体现了个性解放和启蒙思潮，商伟的研究对这种观点构成了挑战。他揭示了18世纪儒学内部思想的复杂性，即对儒学的批判并不一定导致个性解放思潮，却可能导致更复杂的儒学回归运动。他的研究用

① 商伟：《礼与十八世纪的文化转折：〈儒林外史〉研究》，严蓓雯译，北京：生活·读书·新知三联书店，2012年，第15页。

② Yuet Keung Lo. Review Rulin waishi and Cultural Transformation in Late Imperial China, The China Review, Vol.4, No.1, (2004), p.235.

③ 克利福德·格尔茨：《文化的解释》，韩莉译，南京：译林出版社，1999年，第27页。

④ 邹颖：《文化理论视域下的美国〈红楼梦〉研究》，《红楼梦学刊》，2019年第一辑，第270页。

⑤ 胡晓真对商伟的书评见《汉学研究》，2003年第2期，第443页。

一种复杂的方式进入《儒林外史》内部现实和理想的纠结，对传统存一分虔敬之心，避免了对传统的全方位否定，摒弃了激进的观点，这不仅给研究18世纪文化转折带来了新的视角，也对当代文化转型以及对传统和现代关系的认识有启迪意义。

在商伟看来，小说研究是一种综合性的研究，不应该局限在狭义的文学研究的范畴。他没有把小说研究变成思想史的附庸或历史佐证，而是关注小说与思想史的交汇，从小说中"礼"的演进和变化的脉络，可以看出吴敬梓是如何通过叙事的形式展开对于"礼"的考察和反思，这样就避免了用思想史的论述替代对小说自身的把握和理解。《儒林外史》"对'礼'本身所持的怀疑态度反映了十八世纪思想史本身的矛盾，其根本的关注点在于个体的道德完善、'礼'的道德理想以及'礼'的制度之间应保持一种怎样的关系，以适应新的社会关系和历史发展的需求。他想要询问的是儒学自身的潜力和新的可能性，即在西方现代思想进入以前，儒学到底可以走多远。"[1]在商伟看来，《儒林外史》的主题表现的是对18世纪文化转折乃至礼乐崩坏的思考和回应。这部小说清楚地呈现了儒家世界出现的危机，比起颜元和李塨那些儒家理论家所论及的还要更深一层。

商伟将考据与文本细读相结合，从而建立了新的关联点，而这些关联点又会有助于理论建构。他让细读、考据和理论建构相互支持，推动论述的深入发展，这样就能完整地勾勒出连续性叙述的轨迹和思考的深度。在他看来，细读是文学研究的基础，细读除了要关注人物、结构和情节外，还应注意象征、比喻、语言以及文本之间的互文关系。[2]他将思想史研究与文学研究相结合，在他的论述中，文学家的敏感与思想家的

---

① 邹颖：《美国的明清小说研究》，南京：南京大学出版社，2016年，第371页。

② 杨彬：《小说研究的路径与方法——商伟教授访谈录》，《文艺研究》2013年第7期，第78-88页。

严谨交相辉映，文学克服了思想史的局限，发挥了其独特的作用。廖可斌肯定了商伟将文本细读与对18世纪社会文化环境的观察相结合，找到了《儒林外史》的文本逻辑，但也指出了这种解释框架所带来的负面效果，即"过于强调《儒林外史》的否定性逻辑，而相对忽略了吴敬梓在这种否定性过程中可能给予某种程度的肯定的因素，以及作品客观上呈现的某些具有一定历史意义的因素"①。

商伟对《儒林外史》的研究亦中亦西、中西合璧，既从中国文学的传统出发，又有效利用了西方的学术资源，深受西方理论方法的影响，体现了近年来美国汉学界从思想史和文化史的角度研究中国古代小说的特点。但是商伟并不是用西方某一种理论来解读《儒林外史》，而是以"礼"构建了自己全新的理论框架。

国内的《儒林外史》研究，从19世纪的评点开始已取得大量成果，考据、文体、语言、校注、文化、美学等各方面都有涉及，但很多研究成果是对前人学者的重复，缺乏一定的创新性，研究方法还比较传统，《儒林外史》研究已经走向瓶颈期。近年来，在商伟的专著以及郑志良等人的新文献发现的带动下，《儒林外史》的研究是取得了较为丰硕的成果，尤其是在小说的原貌研究、原型人物研究等方面，叶楚炎、郑志良等人居功至伟。商伟的研究是引领《儒林外史》研究走出瓶颈期，迎来较为繁荣的一个局面的关键。国内学界与国外汉学界应在同一平台上展开交流互动，进行深度对话并建立国内外研究的连接，以便进一步推动中国人文学术研究的国际化。

需要指出的是，商伟有关《儒林外史》研究的著述已发表、出版多年。近年来又发现了一些他当年没有见到的新材料，出现一系列新的重

---

① 廖可斌：《文本逻辑的阐释力度——读商伟教授新著〈礼与十八世纪的文化转折：《儒林外史》研究〉》，《江淮论坛》，2015年第1期，第20页。

要研究成果。商伟的著述有的采用的是过时的观点，影响了有关论述的可靠性。这是我们在考察商伟的《儒林外史》研究时需要留意的。

　　已故著名学者朱维铮有一个的精辟的比喻："你想象中国是一个仅有一扇窗户的房间。我坐在房间里面，屋里的一切都在我的目光之中。而你在房间外头，只能透过窗户看见屋里的景象。我可以告诉你屋里的每一个细节，但无法告诉你房间所处的位置。这一点只有你才能告诉我。这就是为什么中国历史研究需要外国学者。"[①]这一巧妙的比喻告诉我们，研究中国问题需要海外学者的参与，这样内在视角与外在视角互补组合，互为参照，互为镜鉴，才能构成更全面、准确、深入的认识和进行深度对话。还需要面对的问题是，如何让国内外的研究形成对接，并为国内研究提供有效的参照，这是值得我们深入思考的。

---

① 卜正民：《哈佛中国史（第一册）》，王兴亮等译，北京：中信出版社，2016年，第15页。

第五章　英美汉学家论《儒林外史》对《水浒传》《史记》结构的效仿

一、对《水浒传》的效仿

在中国小说史上，后起小说文本在先前小说文本潜移默化的影响下，往往继承、借鉴、效仿早期文本的叙事方式和叙述话语。《儒林外史》没有中心人物贯穿全书，没有连贯的故事，人物和故事倏来倏去、随起随灭，这跟《水浒传》类似，二者都是运用"纪传法"叙事写人。清代黄小田在《儒林外史》序中说："篇法仿《水浒传》，是书亦各为传，而前后联络，每以不结结之。"①明确指出了"篇法仿《水浒传》"，还具体指出二者都采用纪传体。他在第三十八回评曰："此篇略仿《水浒传》，未尝不惊心骇目，然笔墨娴雅，非若《水浒传》全是强盗气息，固知真正才子自与野才子不同。"②清代张文虎《天目山樵识语》指出："《外史》用笔实不离《水浒传》、《金瓶梅》范围，魄力则不及远甚，然描写世事，实情实理，不必确指其人，而遗貌取神，皆酬接中所频见，可以镜人，可以自镜。"③既指出了《儒林外史》在文法

① 朱一玄、刘毓忱：《儒林外史资料汇编》，天津：南开大学出版社，2003年，第280页。

② 同上，第283页。

③ 同上，第292页。

上效仿《水浒传》，又肯定了前者对后者的超越。

何其芳在《吴敬梓的小说〈儒林外史〉》一文中指出：

> 它没有连贯全书的主要人物和主要故事，它的每一自成段落的部分描写一个或数个重要人物，就是以这样一些部分组成了全书。只有某些次要人物，常常在前后都出现，或者由后面的这群人物谈起前面的那群人物，谈起前面的某些事情，这样来使全书稍微有些联系，并使读者感到这一群一群的人物是生活在同一的时代之中。这种结构可能是受了《水浒》的影响的。《水浒》也是一个部分一个部分地描写了一个或数个重要人物，后来都汇合于梁山泊，汇合于在梁山泊排坐位。和这种汇合相似，《儒林外史》的许多人物都参加了祭泰伯祠的典礼。[①]

虽然何其芳对《儒林外史》的结构受了《水浒传》的影响只是一种推断，但已意识到二者在结构上的效仿关系。吴组缃在《〈儒林外史〉的思想和艺术》一文中说：

> 《儒林外史》五十多回……，每回以一个或多个人物作为中心，而以许多次要人物构成一个社会环境，……总是在这一回为主要人物，到另一回即退居次要地位，而以另一人居于主要：如此传递、转换，各有中心，各有起讫；而各个以某一人物为中心的生活片段，又互相勾连着，在空间上，时间上，连续推进；多少的社会生活面和人物活动面，好像后浪逐前浪，一一展开，彼此连贯，成为巨幅的画面。这种形式，显然受了"三言""二拍"之类话本小

---

① 何其芳：《吴敬梓的小说〈儒林外史〉》，见竺青：《名家解读〈儒林外史〉》，济南：山东人民出版社，1999年，第204页。

说和《三国》、《水浒》之类长篇的影响。①

吴组缃在这里肯定了《儒林外史》的叙事结构受了《水浒传》的影响，认定了二者的效仿关系。赵景深指出，《儒林外史》第1回与第56回之间的呼应关系，是对《水浒传》结构的摹仿。②何满子在其专著《论儒林外史》中写道：

> 而从《儒林外史》的格局上，我们又可以看出作者受了《水浒传》的影响。《水浒传》的引首写洪太尉宣张天师的故事，和《水浒传》正文的情节不连，《儒林外史》首回楔子叙王冕生平，也和正文没有情节上的关系。《水浒传》楔子石碣下冒出一股黑气，和《儒林外史》楔子天上降下一伙星君亦相神似。③

他明确指出《儒林外史》在叙事结构上效仿《水浒传》，分析了二者开篇的相似性，还认为《儒林外史》的泰伯祠祭典参照了《水浒传》的英雄大聚义。

韩石指出，《儒林外史》的类传形式深受《水浒传》的影响，《水浒传》的单元串合结构、开端的楔子、乱自上作等主旨和预言，这些都为《儒林外史》所仿效。④陈文新、郭皓政认为，从张铁臂所说的话及语

---

① 吴组缃：《〈儒林外史〉的思想和艺术》，见李汉秋：《儒林外史研究论文集》，北京：中华书局，1987年第39页。

② 赵景深：《中国小说丛考》，济南：齐鲁书社，1980年，第428页。

③ 何满子：《论儒林外史》，北京：人民文学出版社，1981年，第83页。

④ 韩石：《〈儒林外史〉的类传形式——兼谈与〈史记〉类传的联系》，《明清小说研究》，2004年第3期，第66页。

气颇似鲁智深、武松,可以看出《儒林外史》对《水浒传》的仿借。[①]
杨彬、李桂奎指出,《儒林外史》仿拟了包括《水浒传》在内的多种文本,并对此做了比较深入的探讨。[②]

李桂奎、杜晓婷在《论〈儒林外史〉对〈水浒传〉文法的仿拟》一文中,运用西方"互文"及"仿拟"理论对这个问题做了深入全面的专题研究,认为《儒林外史》明显仿效了《水浒传》。该文指出,"从叙事结构这一维度来看,《儒林外史》对《水浒传》的仿拟既表现为'楔子'开篇,又表现为'幽榜'收尾;既表现为共同运用'纪传法'叙事写人,又表现为将'二进'置首等方面。"此外,"在叙事时间的'百年'机制、叙事空间的'江湖'意象等方面,《儒林外史》似乎都存在某种程度地因袭《水浒传》的迹象。"[③]

樊庆彦、司若兰指出《儒林外史》效仿《水浒传》,认为《儒林外史》开篇的周进、范进是从《水浒传》王进、史进二人演化而来的。[④]李桂奎、杜晓婷也将"二进"开篇看成是《儒林外史》效仿《水浒传》的突出表现,并作出详细分析:

> 所谓"二进",即前者的周进与范进,后者的王进与史进。他们不仅是邂逅性的师徒关系,而且在性格上还有某种相似性。《水浒传》所叙王进和史进都是讲义气的好汉,既有行侠仗义的一面,

---

① 陈文新、郭皓政:《道德理想主义与现实人生困境——论〈儒林外史〉对经典叙事的戏拟》,《福州大学学报(哲学社会科学版)》,2007年第2期,第53-59页。

② 杨彬、李桂奎:《"仿拟"叙述与中国古代小说的文本演变》,《复旦学报(社会科学版)》,2011年第6期,第62-72页。

③ 李桂奎、杜晓婷:《论〈儒林外史〉对〈水浒传〉文法的仿拟》,见李汉秋:《〈儒林外史〉研究新世纪》,上海:上海交通大学出版社,2013年,第266、268页。

④ 樊庆彦、司若兰:《"乱自上作"与"儒自下毁"——〈水浒传〉与〈儒林外史〉中的"四进"开篇及其文化意蕴》,《齐鲁学刊》,2021年第2期,第132-138页。

同时又有鲁莽之处，他们不期而遇，惺惺惜惺惺，好汉惜好汉，建立起武场上的师徒关系；《儒林外史》仿照这一人物设置方式，写周进与范进于科场邂逅，同样是同病相怜，惺惺相惜，而成为儒林界的师徒关系。相对而言，《水浒传》写王进、史进先后的两场"夜走"，均是以退为进；而《儒林外史》写周进、范进屡考不中，又屡败屡战，最终赢得功名，则都是激流勇进。①

樊庆彦、司若兰也指出"二进"均为师徒关系，且这种关系贯穿全文，并分析了"四进"姓名的深刻涵意，指出两部小说开篇以"进"为名设置人物，虽文武相异，却蕴涵了殊途同归的指向和意义，表达了两书作者对社会现实的不满和对社会秩序重构的期许。

李桂奎、杜晓婷指出，《儒林外史》重在写文人儒事，《水浒传》重在写武人侠事，"而在中国文化传统中，'文'和'武'是对行的，二者常处于彼此镜照之中。……'文'、'武'二者都是中国文化中的男性建构的内容，'文'、'武'的二元对立在中国文化中无处不在，并且被用在国家政治和个人修养方面。"②《儒林外史》和《水浒传》描写的都是"男性的世界"，二者遥相呼应、相映成趣。由此，李桂奎和杜晓婷从取材和写作对象等方面论证了《儒林外史》效仿《水浒传》的切实可行性和可效仿的写作便利。

美国汉学界对《儒林外史》结构效仿《水浒传》做了较为深入的研究，既有与中国学者相似的看法，也提出了一些独到的见解。

在黄宗泰眼中，《儒林外史》第一回楔子中以描写坠向东南方维持文运的"星君"为伏笔，最后以"幽榜"终结，这与《水浒传》楔子中洪

---

① 李桂奎、杜晓婷：《论〈儒林外史〉对〈水浒传〉文法的仿拟》，见李汉秋：《〈儒林外史〉研究新世纪》，上海：上海交通大学出版社，2013年，第268页。
② 同上，第265页。

太尉误走妖魔、石碣下冲出一股黑气、最后石碣天灾出现相类似。[1]他认为，《儒林外史》设置楔子和"坠星"化身为小说的主要人物是仿拟《水浒传》；《儒林外史》结构松散，人物和故事倏来倏去、随起随灭，这是效仿《水浒传》用"纪传法"叙事写人；《儒林外史》第37回是以《水浒传》第71回为范本的，《儒林外史》的高潮群儒集祭泰伯祠与《水浒传》的高潮英雄大聚义相对应，[2]这与中国学者，如何其芳、何满子的看法一致。

陆大伟（David L. Rolston）在其博士学位论文《理论与实践：小说，小说评论与〈儒林外史〉的创作》（*Theory and Practice: Fiction, Fiction Criticism and the Writing of the Ju-lin wai-shih*）[3]中，对《儒林外史》与《水浒传》的关系做了较为深入的探讨。他考察了《儒林外史》对先前一些文学文本的广泛借用和参照。比如，《儒林外史》中二娄兄弟拜访杨执中，是对《三国演义》中刘备"三顾茅庐"请诸葛亮出山故事的戏拟。陆大伟认为，吴敬梓用来戏拟《三国演义》第37回中刘备"三顾茅庐"的娄氏兄弟三访杨执中是中国文学传统中十分常见的"访贤"母题，这一母题在《儒林外史》中多次出现，第一个是第一回中的时知县拜访王冕，接下来是朱元璋亲自寻访王冕。刘备—诸葛亮、二娄兄弟—杨执中二者之间形成互文关系。例如，为刘备开门的童子说他记不住刘备自我介绍时说的名字，给娄氏兄弟开门的半聋老妪误听娄姓为刘姓，二者十分相似。

陆大伟很重视《儒林外史》的清代评点，将相关评点翻译成英文，梳理了清代文人有关《儒林外史》继承发展《水浒传》的评论。比如，黄

---

[1]　Timothy C.Wong. Satire and the Polemics of the Criticism of Chinese Fiction: A Study of the Ju-lin waishi, P.h.D. diss., University of Stanford, 1975, p. 70.

[2]　Timothy C.Wong. Wu Ching-tzu, Boston: Twayne Publishers, 1978, p.94.

[3]　David L. Rolston. Theory and Practice: Fiction, Fiction Criticism and the Writing of the Ju-lin wai-shih, Ph.D. diss., University of Chicago, 1988, pp. 319-396.

小田、张文虎均认为《儒林外史》仿效《水浒传》且高出一筹。《儒林外史》第三十八回中郭孝子遇虎与《水浒传》中武松遇虎极其相似。在文本夹评中，黄小田评论道："写郭孝子尽管有武艺，却不与虎斗，致落俗套，盖只身断不能斗虎，《水浒传》虽极力写之，实出情理之外。"①在第三十九回中，木耐打劫萧云仙被制伏，恳求萧云仙看在师父的面上手下留情。张文虎对此评道："又袭《水浒》文法，却又似梅三相声口。"②

陆大伟探究了《儒林外史》对《水浒传》在开篇上的效仿。他和一些中国学者都注意到了《儒林外史》仿拟《水浒传》以"二进"作为开篇人物，"二进"是师徒关系。他提到了中国学者很少注意的两点：一是两个徒弟的母亲都意外死去，二是同姓的王进和王冕都在开篇就消失再也没有回来。

吴德安（De-an Wu Swihart）在其博士学位论文《中国小说形式的演变》（*The Evolution of Chinese Novel Form*）中指出，《儒林外史》采用类传形式是效仿《水浒传》。对于《儒林外史》仿拟《水浒传》以楔子开篇，国内外学者多有论及，吴德安对此却另有创见。他认为《儒林外史》只是在楔子的名称和作用上借鉴《水浒传》，而从形式上看，《儒林外史》中的楔子是一个模范人物的传记，用理想人物的传记作为楔子来敷陈大义、隐括全文并非借用《水浒传》而是《史记》。③上述国内外学者都是笼统地将《儒林外史》设置楔子是模拟《水浒传》，吴德安视野开阔，对这一问题作了全面分析，给出了有说服力的判断，对这一问题的认识更加细致、深入。商伟指出，"《儒林外史》是一部有整体设计的小说，沿

① 吴敬梓：《儒林外史汇校汇评本》，李汉秋辑校，上海：上海古籍出版社，2010年版，第472-473页。

② 同上，第487页。

③ De-an Wu Swihart. The Evolution of Chinese Novel Form, Ph.D. diss., University of Princeton, 1990, p.112.

袭了《水浒传》的框架结构。"①

日本汉学界也有学者触及了《儒林外史》效仿《水浒传》这一论题。"《儒林外史》的结构仿效《水浒传》，是采取许多故事相连接的形式，这种形式直接影响了后来的以暴露社会现实为主题的小说。它的登场人物大半是读书人、名士、官吏、诗人、学者，也包括市井细民和非凡的人物，许多人物都有鲜明的个性。它的文笔看似平淡而满含讽刺，在一连串如波浪起伏的故事里，从各个侧面反映出18世纪初的中国社会风貌。"②这是日本大百科全书中小川环树撰写的关于《儒林外史》的专门辞条，明确指出了两部小说在结构上的效仿关系。的确，两部小说都是让一个故事引出另一个故事，中外众多学者对此有一致的认识。川本荣三郎认为，《儒林外史》中从第二回周进的故事开始一个一个故事环环相扣，是模仿了《水浒传》故事展开的模式，这种结构模式表现了科举学问的世代流转。③他以此论证了在小说中融入社会、文化的相关内容决定了小说的文体，这种将小说的社会、文化研究与文体分析相结合的研究视角是他的独到之处，无疑是值得国内学界关注的。

二、对《史记》的效仿

陆大伟在其博士学位论文中对《儒林外史》效仿《史记》做了深入研究。他专门探讨了二者之间的关系，指出"儒林外史"这个小说标题很可能是参照《史记》中的"儒林列传"，"儒林列传"中所反映的问题成为《儒林外史》所探讨的核心问题，《儒林外史》中起到重要象征作用的人

---

① 商伟：《礼与十八世纪的文化转折——〈儒林外史〉研究》，严蓓雯译，北京：生活·读书·新知三联书店，2012年，第417页。

② 朱一玄、刘毓忱：《儒林外史资料汇编》，天津：南开大学出版社，2003年，第247页。

③ 陈惠琴：《文体论三部曲——川本荣三郎的〈儒林外史〉研究》，《清华大学学报（哲学社会科学版）》，2017年第1期，第75页。

物泰伯来自《史记》，小说中还提到了一些《史记》中的著名人物，比如李广。①

陆大伟梳理了中国学术界从清代以来对这两部作品之间关系的评论。他指出《儒林外史》卧闲草堂本第三十六回回评认识到吴敬梓借鉴司马迁用不同方法处理不同材料来写虞博士传，第五十六回回评将小说结尾一组自传性诗词比作司马迁《史记》结尾"太史公自序"。他还指出后来不少评论家也都认识到《儒林外史》与《史记》渊源关系，如天僇生说《儒林外史》这类小说源自《史记》的各种传记。

陆大伟对中国国内原始文献的收集、征引用力甚勤。譬如，钱钟书《林纾的翻译》一文征引了林纾同时代人李葆恂《旧学盦笔记》中阮元对《儒林外史》的评论："作者一肚皮愤激，借此发泄，与太史公作谤书，情事相等，故笔力亦十得六七。"②李葆恂又说出了自己的看法：《儒林外史》笔外有笔、无字句处皆文章的曲笔叙事方式，小说中的讽刺褒贬，都是从《史记》继承而来。③他把钱钟书没找到阮元这条评论来源的说明也作了脚注，可见他治学之严谨。钱钟书在文中称阮元的这条评论"很少被人征引"，却为身为美国本土学者的陆大伟所引用，足见他对中国传统文学资源的重视及搜集文献用力之勤。在传统小说评点受到许多中国学者冷落时，他却在博士论文中大量引述并翻译成英文，这应该引起国内学界的反思。但令人不解的是，有时他却没有征引很常见的第一手文献，而采用二手文献。比如，他注意到何满子的观点："吴敬梓特别是受了《史记》的深刻影响。说吴敬梓是

① David L. Rolston. Theory and Practice: Fiction, Fiction Criticism and the Writing of the Ju-lin wai-shih, Ph.D. diss., University of Chicago, 1988, pp.552-585.

② 钱钟书：《林纾的翻译》，见罗新璋：《翻译论集》，北京：商务印书馆，1984年，第712页。

③ David L. Rolston. Theory and Practice: Fiction, Fiction Criticism and the Writing of the Ju-lin wai-shih, Ph.D. diss., University of Chicago, 1988, p.557.

师承了司马迁作《史记》的方法来写《儒林外史》的，恐怕亦不为过。"①
这段话出自何满子的专著《论儒林外史》，而陆大伟却是从陈美林的专著
《吴敬梓研究》中转引用，其实，何的这部书并不难找。

　　20世纪80年代，陈美林、万光治、赵逵夫等学者对《史记》与《儒林
外史》的关系进行了讨论。在陈美林看来，《儒林外史》中运用作者直接
出面的插说不仅仅是继承了古代通俗小说的传统，而且还吸取了《史记》
的体例和笔法。"作品中的作者插说和《史记》的'太史公曰'就颇有承
传关系。根据近人研究，认为'太史公曰'以下都是司马迁论赞之辞，在
于起一总结作用，或阐明立篇之意或补充篇中所未及之事。这就与《儒林
外史》中的作者插说颇为近似。吴敬梓自幼除爱好戏曲、小说之外，对
《史记》《汉书》的确也下过一番功夫，他曾经著有《史汉纪疑》，惜未
成书。因而在他进行创作时，借鉴于《史记》之处颇多。"②万光治认为
《水浒传》《儒林外史》之类的小说结构类似《史记》中的合传或类传，
并特别指出："直到《红楼梦》的出现，揭开了中国近代小说的序幕，显
示出中国小说包括结构形式在内的艺术表现方法有了质的突破。"③这与
鲁迅的那段著名的有关《红楼梦》的话很相似，鲁迅在《中国小说的历
史的变迁》中写道："自从有《红楼梦》出来以后，传统的思想和写法都
打破了。它那文章的旖旎和缠绵，倒是还在其次的事。"④万氏的意思是
《红楼梦》不属于这类结构借用《史记》的小说。而陆大伟在征引万的上
述观点时说，对于纪传体和纪事本末体这两种叙事方式，有的长篇小说如
《儒林外史》《红楼梦》，作者表现出将二者融会贯通的企图，它们的结

---

① 何满子：《论儒林外史》，北京：人民文学出版社，1981年，第81页。

② 陈美林：《试就"卧本"评语略论〈儒林外史〉的民族特色》，见湖北省《水浒》研究会：
　《中国古代小说理论研究》，武汉：华中工学院出版社，1985年，第338页。

③ 万光治：《中国古典小说结构与历史编纂形式的平行纵向观》，《四川师院学报（社会科学
　版）》，1985年第2期，第61-69页。

④ 鲁迅：《中国小说史略》，北京：中华书局，2014年，第305页。

构类似于放大了的《史记》《新五代史》中的合传或类传，对纪传形式或连锁或重叠的运用都服从于作者表现主题的需要。[①]这显然是他对万光治观点的错误理解，陆大伟把《水浒传》换成了《红楼梦》，是对万氏原意的误读。

陆大伟对赵逵夫《论〈史记〉的讽刺艺术及其对〈儒林外史〉的影响》[②]一文作出评论，认为该文讨论了《儒林外史》从《史记》继承来的讽刺艺术，也关注前者对后者在结构上的仿效。他指出，该文作者认为小说的第一回使用了传记形式，而其他回更类似《史记》中的合传，比如游侠列传。陆大伟将该文视为是仅有的一篇主要讨论这两部作品之间关系的论文，这一判断是错误的。事实上，还有一些论文探讨了《儒林外史》与《史记》的关联，比如，韩石的《〈儒林外史〉的类传形式——兼谈与〈史记〉类传的联系》[③]，杜志军的《〈儒林外史〉与史传文学人物的类型》[④]，杜志军、易名的《史传文学的影响与情节模式的突破——〈儒林外史〉的结构创新及其意义》[⑤]。韩石认为，《儒林外史》注重从"类"的角度来认识人和社会，并通过特定的叙事方式以及整体的时间意识最终实现了对"类"的总体把握，这显然是受到《史记》中类传形式的深刻影响。杜志军在文章中从人物塑造角度，探讨了《儒林外史》对《史记》的史传文学类型原则的继承和发展。杜志军、易名的文章认为，《儒林外

---

① David L. Rolston, Theory and Practice: Fiction, Fiction Criticism and the Writing of the Ju-lin wai-shih, Ph.D. diss., University of Chicago, 1988, p.559.

② 赵逵夫：《论〈史记〉的讽刺艺术及其对〈儒林外史〉的影响》，《社会科学》，1981年第4期，第70-78页。

③ 韩石：《〈儒林外史〉的类传形式——兼谈与〈史记〉类传的联系》，《明清小说研究》，2004年第3期，第57-67页。

④ 杜志军：《〈儒林外史〉与史传文学人物的类型》，《江淮论坛》，1993年第5期，第92-96页。

⑤ 杜志军、易名：《史传文学的影响与情节模式的突破——〈儒林外史〉的结构创新及其意义》，《河北学刊》，1993年第6期，第72-75页。

史》在叙事结构上参照了《史记》的史传文学的表现方法又有所创新，赋予了《儒林外史》以近代小说的色彩。

《儒林外史》除了汲取《水浒传》的结构设计以外，更多地效仿了《史记》的叙事方式。闲斋老人指出，吴敬梓用"儒林外史"作为小说名是意在模仿《史记》，有意识地运用史传的叙事方式。他还引述了卧闲草堂本评点，认为《儒林外史》借鉴了《史记》的叙事方式。例如，第二回评点："书中并无黄老爹、李老爹、顾老相公也者，据诸人口中津津言之，若实有其人在者。然非深于《史记》笔法者未易办此。"①第三十六回评点认为写虞博士传记的方法类似于《史记》第二篇"夏本纪"的叙事方式。吴德安认为《儒林外史》的类传形式是借用《史记》②，上述中国学者韩石、杜志军、易名的文章也对此做了比较深入的探讨。

吴组缃认为，《儒林外史》"同时也有些像《史记》的'列传'或'五宗'、'外戚'诸篇形式的放大"。③在樊善国看来，《儒林外史》缺少中心人物，是由一个接一个的传记构成，它的每一回就像《史记》中的一个列传。④他指出："中国古典小说中真正打破史传文学结构方式的是《金瓶梅》和《红楼梦》。《金瓶梅》也只是初具规模，至《红楼梦》才完全成熟了。《水浒传》和《儒林外史》则基本上采用的是传统的结构方式……"⑤这与前述鲁迅和万光治对于《红楼梦》的评论十分相似，而美国华裔学者商伟（Wei Shang）对上述鲁迅那段评《红楼梦》的话评论道："言下之意，似乎《红楼梦》更具突破性，标志了一个崭新的

① 李汉秋：《儒林外史研究资料》，上海：上海古籍出版社，1984年，第102页。

② De-an Wu Swihart. The Evolution of Chinese Novel Form, Ph.D. diss., University of Princeton, 1990, pp.107-108.

③ 李汉秋：《儒林外史研究论文集》，北京：中华书局，1987年，第39页。

④ De-an Wu Swihart. The Evolution of Chinese Novel Form, Ph.D. diss., University of Princeton, 1990, p.109.

⑤ 樊善国：《〈儒林外史〉的结构特点》，《北京师范大学学报》，1983年第5期，第60页。

开始。在我看来，这个说法用在《儒林外史》上也同样合适，甚至更为恰当，因为毕竟《儒林外史》的写作和完成都在《红楼梦》之前。这两部小说的伟大之处都在于打破了传统的思想和写法。"①姜荣刚赞同商伟的这一观点，认为"《儒林外史》的文本结构及其叙事方式，在中国古代小说虽然也能找到相关渊源，但吴敬梓对它们绝非简单的继承，而是进行了创造性的发挥，形成了中国古代小说史上堪称独一无二的文本结构方式与叙事策略"。②在张国风看来，"其实，自从《儒林外史》出来以后，传统的思想和写法也打破了。"③商伟、姜荣刚和张国风均认为《儒林外史》打破了传统的叙事方式，而这显然与与前文樊善国"《儒林外史》则基本上采用的是传统的结构方式"的观点相左，樊善国的这一观点有偏颇之处。《儒林外史》和《红楼梦》都打破了传统小说写作方式，成为两座并峙的艺术高峰，《儒林外史》效仿《史记》的叙事方式，但又有创造性的革新，前文已有论证。鲁迅曾这样赞誉《儒林外史》："《儒林外史》作者的手段何尝在罗贯中下，然而留学生漫天塞地以来，这部书就好像不永久，也不伟大了。伟大也要有人懂。"④鲁迅既称赞《儒林外史》"伟大"，又为《儒林外史》的伟大而不被人懂而感叹。看来要充分认识《儒林外史》的价值和在中国文学史上的独特地位还有待时日。

前述所征引中国学者的评论没有对史传和章回小说中的"传"作出区分。吴德安以为章回小说中的"传"与史传中的"传"不同，章回小说中

① 商伟：《礼与十八世纪的文化转折——〈儒林外史〉研究》，严蓓雯译，北京：生活·读书·新知三联书店，2012年，第1页。

② 姜荣刚：《多声部时间叙事中的艺术匠心——〈儒林外史〉叙事时间问题新论》，《中国古代小说国际学术研讨会会议论文集》（下册），2019年，第282-283页。

③ 张国风：《双峰并峙，二水分流——〈儒林外史〉〈红楼梦〉之异同》，《红楼梦学刊》，2020年第六辑，第33页。

④ 鲁迅：《叶紫作〈丰收〉序（节录）》，见李汉秋编：《儒林外史研究资料》，上海：上海古籍出版社，1984年，第289页。

的"传"只是人物的故事，并没有按照人物的传记来写。因此，他主张在
《儒林外史》评论中用"传记形式"。①在他看来，《儒林外史》有两种
重要的结构形式是直接效仿《史记》的，一是将人物划分社会等级，一是
在开篇设置理想人物。司马迁在《史记》中将帝王将相、王公贵族和市井
细民分成不同的类别。吴敬梓也将人物根据其对待功名富贵的态度分成不
同的类别。《史记》传记部分"本纪""世家""列传"各自的开篇都是
一个模范人物的传记。例如，"世家"的开篇是吴太伯世家，"列传"的
开篇是伯夷列传，"本纪"的开篇是五帝本纪。这些开篇人物是道德上的
典范，为各自所在部分提供了思想主旨和叙事框架。《儒林外史》的开篇
楔子的作用与此相似，开篇是这部小说的模范人物王冕的传记，王冕是书
中所有人的参照系。②

国内学者对《儒林外史》开篇以王冕作为作者理想人物多有论及，但
对《儒林外史》开篇设置理想人物的做法是仿效《史记》却还少有论及，
因此，吴德安的这一观点较为新颖，可能会引起国内学者的兴趣。

张锦池认为，《儒林外史》中的众多人物传记与《史记》中的"列
传""世家"相似，"论其写法，并不叙人物之一生，而只取人物一生中某
几个或某个横断面，与《史记·管晏列传》中的《晏婴传》用笔相若。"③
由此可以看出，《儒林外史》中的"传"与《史记》中的"传"并无什么不
同。不过，吴德安将章回小说中的"传"与史传中的"传"作出区分，有益
于将研究细化、深化，可以引发相关研究者的进一步思考和讨论。

---

① De-an Wu Swihart. The Evolution of Chinese Novel Form, Ph.D. diss., University of Princeton,
1990, p.109.

② Ibid., p.125.

③ 张锦池：《论〈儒林外史〉的纪传性结构形态》，见竺青：《名家解读〈儒林外史〉》，济
南：山东人民出版社，1999年，第357页。

第六章　英美汉学界《儒林外史》结构认知的发展脉络

一、"无统一结构"说

英语世界对《儒林外史》研究始于20世纪五六十年代。美国汉学家海陶玮率先对《儒林外史》的结构作出评论，他在《中国文学论题：概览与书目》（*Topics in Chinese Literature: Outline and Bibliographies*）一书中指出，《儒林外史》"缺乏统一的组织和情节，整部小说的组成靠的是一系列联系松散的，由不断变换的人物所带动的故事片段"。[①]华裔汉学家赖明（Ming Lai）在《中国文学史》（*A History of Chinese Literature*）中写道："严格来讲，《儒林外史》并不能算是一部小说，而只是一部松散连接起来的短篇故事集。"[②]柳无忌认为，《儒林外史》缺少有机结构，各个独立片段之间的联系非常松散，整部小说可以被分成许多各自独立的故事。[③]

---

① James Robert Hightower. Topics in Chinese Literature: Outline and Bibliographies, Cambridge: Harvard University Press, 1953, p.106.

② Lai Ming. A History of Chinese Literature, London: The Shenval Press Ltd, 1964, p.327.

③ Wu-chi Liu. Great Novels by Obscure Writers, in An Introduction to Chinese Literature, Bloomington: Indiana University Press 1967, pp. 228-246.

　　上述英语世界学者都一致认为《儒林外史》缺少统一的有机结构，这是他们用西方19世纪文学传统的标准来衡量《儒林外史》所作出的判断。西方19世纪文学传统要求小说应有开头、高潮、结尾，结构严密，追求叙事的统一性，讲究将中心线索贯穿始末，使情节、人物环环相扣，首尾呼应。与这种行文逻辑相反，中国传统文章学讲究文章内部气势的贯穿，追求"文气"，反对斧凿之痕迹，章太炎称之为："起止自在，无首尾呼应之式。"[①]这样的结构，"如行云流水，初无定质，但常行于所当行，常止于所不可不止，文理自然，姿态横生。"[②]在讲究"化"的文章学思维下，中国古典小说注重文气上的贯穿，将一个一个故事连缀而成，犹如史书中的传记。评点家们对古代小说的结构津津乐道，而在西方小说的标准之下，中国古典小说的结构受到了挑战和批评，胡适、钱玄同、陈独秀等人都曾对中国古典小说的结构提出批评。[③]

　　在《儒林外史》传播近一个世纪内，很少有人对它的结构有所非难。清代的评点对《儒林外史》的结构持肯定态度。金和在《儒林外史》跋文中称《儒林外史》"体例精严，似又在纪书之上。观其全书过度皆鳞次而下，无阁东话西之病，以便读者记忆"。[④]《儒林外史》卧闲草堂本闲斋老人的序提出："其书以功名富贵为一篇之骨，有心艳功名富贵而媚人下人者；有倚仗功名富贵而骄人傲人者；有假托无意功名富贵自以为高，被人看破耻笑者；终乃以辞却功名富贵，品地最上一层，

---

① 章太炎：《菿汉微言》，《菿汉三言》，虞云国标点，沈阳：辽宁教育出版社，2000年，第56页。

② 苏东坡：《与谢民师推官书》，见《东坡文选·东坡诗选》，武汉：华中科技大学出版社，2018年，第174页。

③ 赵家璧：《中国新文学大系》第一卷，上海良友图书公司，1935年。

④ 朱一玄、刘毓忱：《儒林外史资料汇编》，天津：南开大学出版社，2003年，第279页。

为中流砥柱。"①他认为吴敬梓以对待功名富贵的不同态度为全书的结构，这是结合《儒林外史》描写各类儒林人物的题材特点来分析其叙事结构。卧本第三十三回回评又写道：

> 祭泰伯祠，是书中第一个大结束。凡作一部大书，如匠石之营宫室，必先具结构于胸中，孰为厅堂，孰为卧室，孰为书斋灶厨，一一布置停当，然后可以兴工。此书之祭泰伯祠，是宫室中之厅堂也。从开卷历历落落写诸名士，写到虞博士，是其结穴处，故祭泰伯祠，亦是其结穴处。譬如岷山导江，至敷浅原，是大总汇处，以下又迤逦而入于海。书中之有泰伯祠，犹之乎江汉之有敷浅原也。②

清末《缺名笔记》的作者开始对《儒林外史》的结构表示不满："《儒林外史》之布局，不免松懈。盖作者初未决定写至几何人几何事而止也。故其书处处可住，亦处处不可住。处处可住者，事因人起，人随事灭故也。处处不可住者，灭之不尽，起之无端故也。此其弊在有枝而无干。何以明其然也？将谓其以人为干耶？则杜少卿一人不能缩束全书人物。将谓其以事为干耶？则'势力'二字，亦不足以赅括全书事情，则无惑乎篇自为篇，段自为段矣。"③他批评《儒林外史》缺少统帅全书的中心人物和贯穿全书的情节。何其芳认为《缺名笔记》的批评"有过甚之处，《儒林外史》的结构，包括它的人物和故事的安排次序，它的写法上的某些联系，以及它的总括全书的楔子和尾声，都仍然是表现了作者的匠心的，并非漫不经心之笔。但我们今天来写长篇小

---

① 吴敬梓：《儒林外史汇校汇评本》，李汉秋辑校，上海：上海古籍出版社，2010年，第687页。

② 朱一玄、刘毓忱：《儒林外史资料汇编》，天津：南开大学出版社，2003年，第271页。

③ 蒋瑞藻：《小说考证》，上海：古典文学出版社，1957年，第561页。

说，这种结构恐怕是不宜采用的"。[1]

五四运动时期，很多学者受到西方小说观念影响，"以西例律我国小说"，对《儒林外史》的结构持否定态度。胡适在1917年《再寄陈独秀答钱玄同》中说道："适以为《官场现形记》《文明小史》《老残游记》《孽海花》《二十年怪现状》诸书，皆为《儒林外史》之产儿。其体裁皆为不连属的种种实事勉强牵合而成。"[2]他接着在1918年《建设的文学革命论》中指出："这一派小说，只学了《儒林外史》的坏处，却不曾学得他的好处。《儒林外史》的坏处在于体裁结构太不紧严，全篇是杂凑起来的。……如今的章回小说，大都犯这个没有结构，没有布局的懒病。"[3]胡适不仅对《儒林外史》的结构提出批评，还把它作为结构不严密的小说的典型代表。在1922年《五十年来中国之文学》中他又说："《儒林外史》没有布局，全是一段一段的短篇小品连缀起来的；拆开来，每段自成一篇；斗拢来，可长至无穷。……《儒林外史》虽开一种新体，但仍是没有结构的；从山东汶上县说到南京，从夏总甲说到丁言志；说到杜慎卿，已忘了娄公子；说到凤四老爹，已忘了张铁臂。后来这一派小说，也没有一部有结构布置的。"他还将《广陵潮》等小说称为"没有结构的'《儒林外史》式'"的小说。[4]胡适的观点在学界产生了很大的影响，很多人都对《儒林外史》的结构表示不满。胡怀琛的《中国小说概论》指出："《儒林外史》全部无结构可言，只可算把许多短篇，合成一个长篇。"[5]施慎之《中国文学史讲话》认为《儒林外史》"不用纵的写法，而用横的写法，实际上是把许多短篇连缀而成

---

[1]　何其芳：《吴敬梓的小说〈儒林外史〉》，见竺青：《名家解读〈儒林外史〉》，济南：山东人民出版社，1999年，第205页。

[2]　朱一玄、刘毓忱：《儒林外史资料汇编》，天津：南开大学出版社，2003年，第467页。

[3]　同上，第470页。

[4]　同上，第471页。

[5]　胡怀琛：《中国小说概论》，世界书局，1934年，第98页。

的"。①

鲁迅在《中国小说史略》中说："惟全书无主干，仅驱使各种人物，行列而来，事与其来俱起，亦与其去俱讫，虽云长篇，颇同短制；但如集诸碎锦，合为帖子，虽非巨幅，而时见珍异，因亦娱心，使人刮目矣"；②又在《中国小说的历史的变迁》中说它"是断片的叙述，没有线索"。③可以看出，鲁迅对《儒林外史》结构的批评比较委婉，与胡适的态度有区别，但也是持否定态度。后来有的研究者以为鲁迅是肯定《儒林外史》的结构，实在是理解不足。譬如，陈美林在《试论〈儒林外史〉的结构艺术》一文中说鲁迅对《儒林外史》的结构"有肯定的意见"④；《中国古代小说研究论辩》一书中也说鲁迅"在批评〈儒林外史〉的结构的同时，还有所肯定，与胡适的态度有明显区别"⑤。二者所说鲁迅对《儒林外史》结构的"肯定"指的是鲁迅所说的"但如集诸碎锦，合为帖子，虽非巨幅，而时见珍异，因亦娱心，使人刮目矣"，这是说描写得好，能让读者喜爱，但鲁迅说的描写得好并不等于赞赏它的结构。胡适对《儒林外史》评价很高，甚至扬《儒林外史》而抑《红楼梦》⑥，但对《儒林外史》的结构却严厉批评。

胡适等人对《儒林外史》结构的批评过于偏激，有偏颇之处。这是因为他们完全依据西方小说标准来考量《儒林外史》的结构，而忽略了它背后的中国文章学观念。从表面上来看，这是他们理解不足，而从深层次来看，这投射出"五四"学者建构新文学的历史信息。在五四时

---

① 施慎之：《中国文学史讲话》，世界书局，1941年，第166页。

② 鲁迅：《中国小说史略》，北京：中国书籍出版社，2016年，第197页。

③ 同上，第302页。

④ 陈美林：《独断与考索——〈儒林外史〉研究》，北京：商务印书馆，2013年，第338页。

⑤ 陈曦钟等：《中国古代小说研究论辩》，南昌：百花洲文艺出版社，2006年，第246页。

⑥ 参见陈文新：《吴敬梓与〈儒林外史〉》第十三章"胡适何以扬《儒林外史》而抑《红楼梦》"，郑州：中州古籍出版社，2019年。

期反对传统文学建立新文学的浪潮中，中国传统文学观念备受冷落，对《儒林外史》结构的批判蕴含着五四学者从西方文学的立场来构建新文学的设想。

以上所述对《儒林外史》结构的否定，在某种程度上是"以西例律我国小说"现象的表现。所谓"以西例律我国小说"即以西方小说的眼光来考量、要求中国小说的观念和方法，自20世纪初开始流行以来，在中国产生了广泛而深远的影响。"以西例律我国小说"是与近代西学东渐和文学革命的思潮联系在一起的，五四前后，传统小说遭到全盘否定。"以西例律我国小说"现象产生的原因之一是有关学者在中西小说知识结构上的双重欠缺，其角度偏差影响了小说观和小说史观的科学性。[①]他们在"以西例律我国小说"观念的影响下，认为中国古代小说在结构上远远不如西方小说。事实上，中国古代小说在长期的演变过程中形成了自己独特的结构方式，不能简单地用西方小说的标准来衡量，正如美国学者杨力宇所说："中国传统小说不是根据现代西方小说的概念而设计的。……西方的批评理论在讨论中国传统小说的某些独特方面时，常常是无能为力的。"[②]另一美国学者王靖宇也指出，"唯一需要注意的是，在我们应用西方文学批评方法时，必须考虑到中国特有的历史和文化条件，否则就很容易流于主观和武断。"[③]刘勇强认为，古代小说独特的结构方式"不能简单地纳入'西例'当中去"。[④]美国作家赛珍珠

---

① 刘勇强：《一种小说观及小说史观的形成与影响——20世纪"以西例律我国小说"现象分析》，《文学遗产》，2003年第3期，第109-124页。

② 杨力宇：《西方的批评和比较方法在中国传统小说研究中的运用》，见李达三、罗钢：《中外比较文学的里程碑》，北京：人民文学出版社，1997年，第300页。

③ 王靖宇：《中国传统小说研究在美国》，见林徐典：《汉学研究之回顾与前瞻》，北京：中华书局，1995年，第219-221页。

④ 刘勇强：《一种小说观及小说史观的形成与影响——20世纪"以西例律我国小说"现象分析》，《文学遗产》，2003年第3期，第121页。

（Pearl S. Buck）在1933年署名勃克夫人的一篇文章中谈及中国古代小说的结构，认为中国小说对于背景不很留意，没有真正的情节，没有高潮和结局，她接着说道：

> 除了那环绕着一个主要角色（假若有的话）的事情以外，简直没有重要的结构，次要的结构也不一定有。……在这种没有形式的小说里，就特别象征着人生。人生也是没有结构的，我们既不知道我们的将来，又不知道环境对于我们的影响……那里却是没有统一性，没有形式，……我不能说这是否是艺术；只是我知道的，这便是人生。……小说中需要的倒是人生，而不是艺术。……假若一个人养成了这种中国人的口味，再读我们的西洋小说，就很明显的是味同嚼蜡了。……中国小说根本上是有趣味而有人性的。①

赛珍珠觉得当时的新小说不如古代小说："读现在的新小说就觉得缺少一种旧小说中所常用而一般中国人日常生活所固有的幽默的感想，……中国旧小说中所固有的那种对于人性或是生命本身所发生的趣味，反而感觉不到！"②赛珍珠的这些对中国古代小说结构的看法是很独到的。之后，中国作家张天翼对《儒林外史》的结构也提出类似的见解：吴敬梓"或许是简直无意于讲求什么结构，……象《儒林外史》这样自自然然的写法，倒似乎更切合那实在的人生些哩"。③正如赛珍珠所说："人生也是没有结构的"。赛珍珠的观点在张天翼这里产生了共

---

① 赛珍珠：《东方，西方与小说》，见上海鲁迅纪念馆编《赵家璧文集 第3卷》，上海：上海文艺出版社，2008年，第464-479页。

② 赛珍珠：《东方，西方与小说》，见上海鲁迅纪念馆：《赵家璧文集 第3卷》，上海：上海文艺出版社，2008年，第464-479页。

③ 李汉秋：《儒林外史研究纵览》，天津：天津教育出版社，1992年，第77页。

鸣，二人的看法正相呼应。中国古代文章学讲究文气上的贯穿、追求"化"，"起止自在，无首尾呼应之式"，"为文无法"，反对斧凿之痕迹，这与赛珍珠对古代小说结构的认识有相通之处。这两位中外作家的见解汇通于中国文学的民族传统。确实，《儒林外史》采用"缀段性"结构，但依然能让人读后有整体性的感受，这正如有学者论："《儒林外史》的结构是潜在的，已'化'在小说叙事之中，看不出人为的痕迹。"①

对于更广泛的"以西律中"现象，我们不应该一概否定。应具体分析"以西律中"当时的历史背景。"在当日西学独大的世界学术界，为了推广中国文化和文学，不得不用西方的学术资源来解释中国文学和文化，用中西对举的方式来试图与西学对话"；此外，也可以把"以西律中"看作是对中国文学进行反思和审视的一种路径，"用西学的理论和方法来探讨中国文学问题，是一种全新的视角和思路"。②

二、"有统一结构"说

1968年，美国汉学家夏志清出版了专著《中国古典小说导论》（*The Classical Chinese Novel: A Critical Introduction*），该书的第六章是对《儒林外史》的专题研究。他认为《儒林外史》由一个接一个的彼此联系松散的故事组成，缺少贯穿全书的情节，开篇的楔子起宣示主题的作用。在他看来，《儒林外史》的一个个故事相互间联系脆弱，但还是有一个清晰可辨的结构。这与这一时期英语世界"无统一结构"的主流观点

---

① 王小惠：《五四时期"〈儒林外史〉热"及所牵涉的文学史话题》，《文学评论》，2021年第4期，第203页。

② 陈水云、邓明静：《建构、深化、反思：论北美"中国抒情传统"学说的发展脉络》，见安徽师范大学中国诗学研究中心：《中国诗学研究（第十五辑）》，芜湖：安徽师范大学出版社，2018年，143页。

不同，夏志清率先提出了《儒林外史》有统一结构。他将全书分为三个部分，外加一个楔子和一个尾声，第一回楔子起到"敷陈大义，隐括全文"的作用：第一部分（第二至第三十回）是关于所有不同类型的人追逐功名富贵的故事，讽刺的对象除了追求名利地位的文人和假文人外，还包括许多类型；第二部分（第三十一至第三十七回）构成小说的道德支柱，讲述了重要角色杜少卿和南京的一些真儒贤士的故事，他们最终聚集在一起祭祀泰伯祠；第三部分（第三十七至五十四回）由关于各色人等的故事混杂而成，没有明确的构思，只是断断续续的讽刺，其中不少关于孝子、贞妇、侠士和武官等异乎寻常的儒家行为，有传统的浪漫传奇的色彩（可以看出，夏采用的版本是五十五回本）。①这一划分体现了他通过文本细读对《儒林外史》结构较为准确的把握，国内外有些研究者也作了与此类似的划分。夏志清肯定《儒林外史》有一个结构，但并未明确是什么将小说一系列互不关联的故事连接起来，这是他的研究还不够深入的地方。他认为小说故事之间联系松散、缺乏明确构思，也是用西方文学传统的标准来衡量《儒林外史》所作出的论断。朱万曙赞成夏志清三个部分的划分，但不同意夏对第三部分"没有明确的构思"的看法，认为尽管第三部分"故事显得庞杂一些，却仍然紧扣主题"，"是补充和强化主题之笔"。②夏志清对《儒林外史》的结构既有肯定也有否定，打破了这一时期英语世界对《儒林外史》结构的否定，将这一问题的讨论向前推进了一步。

反观中国学界，1942年，张天翼在《读〈儒林外史〉》一文中对《儒林外史》的结构作出高度评价，从而打破了"五四"前后对《儒林

---

① C. T. Hsia. The Classical Chinese Novel: A Critical Introduction, New York: Columbia University Press, 1968, pp. 224-225.

② 朱万曙：《〈儒林外史〉：理性作家的理性小说》，《安徽大学学报（哲学社会科学版）》，1998年第2期，第34页。

外史》结构的否定。他说道，吴敬梓对结构并不在意，"一个人活了一辈子，他的活动、作为，以及他所接触的种种一切——难道都也象一般小说里所写的一样，有一个完整的结构么？凡事都一定也有头有尾，必会有个交代么？"《儒林外史》是"照着原本原样而老老实实映出了人生本相"，虽然没有中心人物，但全书都围绕着作者的创作主旨。①张天翼的这些十分独特的见解，体现了中国古代对"化"的追求和中国人传统的致思途径的特殊性，亦彰显了中国古代小说作者特有的整体观念，可以引发人们更深入的思考。

长期以来，很多著述都误认为是王瑶率先冲破了"五四"前后对《儒林外史》结构的否定，比如，黄霖、许建平等《20世纪中国古代文学研究史·小说卷》②，陈曦钟等《中国古代小说研究论辩》，王小惠《五四时期"〈儒林外史〉热"及所牵涉的文学史话题》等。而事实上，张天翼在王瑶之前肯定了《儒林外史》的结构，造成这些论者误判的原因在于他们忽略了张天翼的这篇文章。

1946年，王瑶在《论儒林外史的结构》一文中，对《儒林外史》的结构同样明确提出肯定意见：

> （吴敬梓）大胆的摒弃了他以前的体例，给中国小说在结构上立下了不可否认的功绩。……吴敬梓特别采用了他这种讽刺小说的结构，来加强他政治意识。所以在讨论儒林外史结构的时候，我们不能将它和内容分开。……因此，我们对吴敬梓采用的这种没有结构似的结构，就不能武断的批评他没有艺术上的价值。……在故事的连贯性与人物的安排上，我们不否认它是不相隶属的，但是在

---

① 转引自李汉秋：《儒林外史研究纵览》，天津：天津教育出版社，1992年，第77页。
② 黄霖、许建平等：《20世纪中国古代文学研究史·小说卷》，上海：东方出版中心，2006年。

主题上，在文艺的功性上，却是与全书有着不可拆开的联系。……作者却用了反对科举制度，反对清代的政令不修的思想将这些复杂的、不相隶属的故事、人物连串起来。……作者的叛逆性，和贯穿在全书里的正义感、人性的掘发，就是很显明的主干。……我决不同意批评儒林外史的人，说它没有结构。①

王瑶从与内容相适应的角度对《儒林外史》的结构予以肯定，具体见解也存在着一定的内在矛盾。他没有从理论上对《儒林外史》的结构进行正面阐发，还有待进一步的深入展开。

至20世纪50年代，吴组缃也对《儒林外史》的结构持肯定态度，认为《儒林外史》"这种形式，显然受了'三言''二拍'之类话本小说和《三国》、《水浒》之类长篇的影响；同时也有些像《史记》的'列传'或'五宗'、'外戚'诸篇形式的放大。总之，它综合了短篇与长篇的特点，创造为一种特殊的崭新形式。这种形式运用起来极其灵活自由，毫无拘束，恰好适合于表现书中这样的内容；正和绘画上'清明上河图'、'千里江山图'或'长江万里图'之类'长卷'形式相类。若要将它取个名目，可以叫做'连环短篇'"。②这是从中国传统文学艺术中寻找与之相似之处，从而肯定了《儒林外史》结构艺术的民族特色。吴小如在《吴敬梓及其儒林外史》一文中"同意吴先生提出来的'连环短篇'的说法"，并说："细按全书，脉络井然，主题极为集中，自又不同于前乎《外史》的《斩鬼传》一类流水账式的长篇。这种集长短篇小说体例之大成的《儒林外史》体，实在给后来无数法门。……其匠心

---

① 王瑶：《论儒林外史的结构》，《东方杂志》，第42卷，第6号，1946年3月15日，第57-62页。

② 吴组缃：《〈儒林外史〉的思想与艺术——纪念吴敬梓逝世二百周年》，《人民文学》，1954年第8期，第82-99页。

独运处是不容抹杀的。"①

　　何满子对《儒林外史》的结构也予以肯定。他在《论儒林外史》中分析了"全书无主干"的根本原因："在吴敬梓的场合，时代生活给予他的却只是看起来永无休止的沉滞而又苦闷、平凡而又庸俗的日常活动的现象，生活是孤立而散在的，没有凝结全社会的激情的掀动。这样，艺术家要想放眼于范围广阔的生活，企图表现'那时代的一切特色时'，便不可能在孤立而散在的生活中觅取一个'主干'，只能'驱使各种人物，行列而来，事与其来俱起，亦与其去俱讫'，从而集锦式地完成'那个时代本身'的表现了。"②他对这种结构给予很高的评价："《儒林外史》的'全书无主干'以及与之相应的没有提挈全局的中心人物，并不减低读者的兴趣；而那些一起一落、因缘转递但却藕断丝连的场面，也因为被统一于从各个角度、各种现象来表现一个共同的历史内容的原故，反而冲破了通常的小说体例的局限，使作家能尽量发挥他的才能，将生活中诗的感受获得更多的倾吐的自由。……吴敬梓使他的《儒林外史》采取了别树一帜的格式，毋宁是他的艺术成就的一个方面"。③

　　20世纪70年代，在英语世界的《儒林外史》研究中，很多学者发表了对《儒林外史》结构的肯定意见，一些学者开始寻找《儒林外史》的统一结构。美国汉学家威尔斯在《论儒林外史》（*An Essay on the Ju-lin Wai-shih*）④中指出，《儒林外史》绝不是像一些评论家所说的没有结构。整个小说靠人物的进场退场来推动情节发展，次要人物逐步离场，主要人物上场，主要人物又变成次要人物，可以看出总的趋势是从乡村

① 吴小如：《吴敬梓及其〈儒林外史〉》，《新建设》，1954年第8期，第50-58页。

② 何满子：《论儒林外史》，上海：古典文学出版社，1957年，第71页。

③ 同上，第73-74页。

④ Wells, Henry W. An Essay on the Ju-lin waishi, *Tamkang Review*, Vol.2, No.1 (1971), pp.143-152.

或穷乡僻壤到城市、京城，从小康之家到上层阶层甚至统治阶层，首尾
两回相呼应，体现了明显的结构上的安排。随后英国华裔汉学家张心沧
（H. C. Chang）也认为《儒林外史》有整体结构，有着自身独特的统一
性，人物的进退和事件的此落彼起反映了中国人的宇宙观；整部小说犹
如一轴长画卷，人物事件交替出现，各各不同，一切都似乎没完没了，
没有高潮亦无反高潮。①他对《儒林外史》结构的观点得到了后来不少研
究者的赞同。黄宗泰指出，《儒林外史》有一个讽刺性情节结构，看起
来像是一连串联系松散没有明显主干的事件，即使一个事件与另一个事
件没有因果关系，整个作品也有一个统一于道德观念的整体结构。②

　　1977年，美国学者林顺夫在《〈儒林外史〉中的礼及其叙事结构》
（ *Ritual and Narrative Structure in Ju-lin wai-shih.* ）一文中提出《儒林外
史》有独特的统一结构。他指出，对《儒林外史》结构的批评是源自对
西方小说集中统一结构的偏爱，而缺乏对《儒林外史》内在统一结构
的同情之了解，胡适对《儒林外史》结构的否定，反映了五四文学革命
时期新知识分子对于中国传统文化的总体的批判态度。他批评胡适没有
指出中国小说叙事结构的特质，而仅仅简单地以西方小说为标准来论断
中国古典小说欠缺统一的情节结构，显然未能认识到传统中国古典小说
结构的内在的价值。在林顺夫看来，要理解《儒林外史》独特的结构形
式，就必须首先从在西方文化思潮冲击下所形成的偏见中解放出来，吴
敬梓和深谙小说结构的西方作家一样充分自觉地赋予了《儒林外史》统
一性和完整性。他认为：《儒林外史》的结构体现了中国传统叙事文学
的"缀段性"结构特征。他开始联系中国人的世界观来解释中国小说的
组织原则，这种世界观可以概括为"共时性"和"非因果关系"。因

---

① H. C. Chang. Chinese Literature: Popular Fiction and Drama, Edinburgh: Edinburgh University
　　Press, 1973, pp.20-21.

② Timothy C. Wong. Wu Ching-tzu, Boston: Twayne Publishers, 1978, pp. 90-95.

此，中国人不把事件安排在直线式的因果链条中，而是将它们视为一个广大的、交织的、网状的关系或过程。事件不被中国人看作以因果关系连结，它们只是似乎偶然地一个接一个地并列或连结，因此，因果关系的时间次序被空间化为并列的具体事件的有机形式，在这种"共时性"的观念中，任何一个特定的构成要素都不可能变成原动力。在这种宇宙论倾向的影响下，传统中国小说家很少选取一个人物或事件来建构其作品，大多数情况下，在他们的小说结构模式中"时而这个人物或事件居于主导地位，时而另一人物或事件居于主导地位"，这种结构模式表现为一种巨大而复杂的关系网络。这种趋向于"可移动"中心而不是"固定"中心的倾向也表现在中国山水画的创作中。[①]

林顺夫认为，将《儒林外史》看作是一组联系松散的短篇小说的观点是立足于两种完全不同的思维方式和解释事件方法。他相信叙事结构不仅仅是一种文学技巧，它也反映了人们的生活观和世界观。因此，他认为吴敬梓有效地使用了儒家礼仪世界观作为《儒林外史》结构的中心统一原则。[②]"礼"不仅是小说的结构中心，而且也是作者的道德观念的中心，对礼的世界的憧憬是支撑《儒林外史》全书的一个主题。[③]这部小说结构的顶点是泰伯祠大祭典，书中所有比较理想化的、杰出的文人都为此而努力。"礼"在《儒林外史》中主要有两个结构上的功能，第一个是将一连串单个的插曲式的事件结合在一起，形成一个较大的集中的单元，第二个是又将这些较大的单元统合成一个更大的整体。

陈文新称赞林顺夫"从中国人传统的致思途径出发"，"从中国

① Shuen-fu Lin. Ritual and Narrative Structure in Ju-lin wai-shih, in Andrew H. Plaks ed., Chinese Narrative: Critical and Theoretical Essays, New Jersey: Princeton University Press, 1977, pp.260-262.

② Ibid.

③ Ibid.

文学的民族传统去挖掘《儒林外史》独特的小说艺术"。[1]陈美林则批评林顺夫"仅仅全然从'礼'这一传统的道德观念出发"，"而忽略了文学作品毕竟是现实生活的反映，并不是某种道德观念的解说；忽略了作者的生活实践在艺术创作中最大的作用"，"有偏颇之处"，因为"'礼'的道德观念并不能反映吴敬梓的艺术思维全貌，以及他对现实人生的评价"。[2]连心达认为林顺夫受到结构主义"形式出内容"这一理念的影响，将他的文章视为欧美"对《儒林外史》的结构作全面分析的第一篇力作"，赞扬林顺夫为《儒林外史》乃至中国传统小说的结构作了强有力的辩护。[3]吴德安以为林对中国宇宙观的概括过于宽泛，未能考虑吴敬梓所处时代的中国文化的特点，也没有考虑吴敬梓并不赞同这种宇宙观的可能性。[4]不管怎么说，林顺夫作为西方学者能注意到中西文学传统之间的差异，摒弃削中国小说之足适西方文学标准之履的做法，从中国文学传统去解读《儒林外史》的结构，这是十分难能可贵的。

林顺夫赞同夏志清在楔子和尾声之外将《儒林外史》划分为三个部分：楔子阐明主题，同时提供了一个包含主要故事骨架的框架故事；第一部分（第二至三十回）主要讽刺两类文人，有三个事件，即莺脰湖宴游、西湖诗会、莫愁湖大会，这是用文人聚会作为结构手段，属于张心沧所说的"小说中的宴会叙事"，如在《水浒传》中，"酒宴"是介绍一百零八好汉的一种有效手段，这种叙事也一再出现于许多其他中国传

① 陈文新：《吴敬梓与〈儒林外史〉》，郑州：中州古籍出版社，2019年，第267-268页。
② 陈美林：《试论〈儒林外史〉的结构艺术》，见陈美林：《独断与考索——〈儒林外史〉研究》，北京：商务印书馆，2013年，第340页。
③ 连心达：《欧美〈儒林外史〉结构研究评介》，《明清小说研究》，1997年第1期，第77页。
④ De-an Wu Swihart. The Evolution of Chinese Novel Form, Ph. D. diss., University of Princeton, 1990, p.99.

统小说中；[1]第二部分（第三十一至三十七回），口吻从讽刺转向写实，着重于祭泰伯祠的准备工作和祭典仪式的完成；第三部分（第三十八至五十四回）是一连串纷杂、片段的故事，叙事的重心从文人的世界转向社会全体，该部分明显的散漫冗长，并不是作者创造力的衰退，相反，这是为了显示书中主要人物所珍视的合于礼的道德理想的完全失败，因此，整个第三部分可以被视为是对泰伯祠神圣祭典的呼应，可以视这三个部分为以泰伯祠祭典为分界线的两个大的循环周期所组成。[2]总体来看，《儒林外史》的主要故事展现了上升、高潮和下降的节奏，两大循环周期的照应和对比进一步增强了主要故事本身的连贯性和完整性；尾声提供了四位奇人的理想人物画像。国内的研究者大多认为第五十五回中的四大奇人与第一回中的理想人物王冕相似，林顺夫却有不同的看法。他以为，虽然四大奇人是隐居的艺术家，也是理想化的人物，但他们都比不上王冕的高洁与修养，甚至比不上第二部分中的杰出文人，王冕对于中国传统的学问无所不通，而四大奇人却各掌握一项传统的文人休闲技艺——琴、棋、书、画；他们的执着实际上更接近于小说后半部分中的那些不同寻常的人物。[3]这一看法是很有见地的。

林顺夫认为：《儒林外史》的前半部分和后半部分之间存在相对称的部分，它们在整体上建立了全书的内在和谐。《儒林外史》可以被看作是吴敬梓对衰落中的传统中国社会的整体上的观照，也是对一段长时段的历史过程的描写。他同意夏志清的观点，即小说结尾所传达的乐观含意与楔子中的悲观语调形成强烈的对比。他分析结尾的乐观论调表

---

[1]　H. C. Chang. Chinese Literature: Popular Fiction and Drama, Edinburgh: Edinburgh University Press, 1973, p.19.

[2]　Shuen-fu Lin. Ritual and Narrative Structure in Ju-lin wai-shih, in Andrew H. Plaks ed., Chinese Narrative: Critical and Theoretical Essays, New Jersey: Princeton University Press, 1977, pp.260-263.

[3]　Ibid., p. 263.

达了中国人"礼失而求诸野"的观念，那些从市井细民中涌现出来的杰出人物展现了修养（韵或雅），最重要的是，他们在日常生活中都按礼行事，因此能传承礼教。林顺夫认为，由于吴敬梓生活在清代的鼎盛时期，那是中国人在外国侵略和西方猛烈冲击下对他们的文化开始丧失信心之前的时期，因此，吴敬梓不可能像五四时期的知识分子那样挑战传统的生活和思维方式。[1]林顺夫的这一观点是值得商榷的，吴敬梓确实没有像五四时期的知识分子那样反对传统文化，但不等于吴敬梓没有质疑、反思传统文化，因吴敬梓生活在"康乾盛世"就作出这一论断不免武断，没有认识到吴敬梓是具有思想家气质的小说家，未能充分理解《儒林外史》的思想意蕴。林顺夫又指出，吴敬梓意识到当时中国文化的衰颓，他把这一现象主要看成是礼仪世界的失调，而礼本身仍是不能被取代的理想。林顺夫的这一论断是恰当的。吴敬梓在《儒林外史》中显示了怀疑、失望、反省的思想状态，流露出精神幻灭、价值失落的悲哀，但他仍怀有希冀和向往，小说结局的四个"市井奇人"就是他的希望之所在。

高友工认为《儒林外史》有一个内在统一的象征性结构。他指出小说中单个的人物和事件的功用可以看作是生发意义，不在于叙述其与其他人物事件在线性情节上的联系，而在于展示全书的象征意义，应该从大的结构单元而不是通过具体的人物或情节来理解《儒林外史》。[2]因此，要理解这部小说的整体结构，就必须注意其主题思想的设计。

同林顺夫一样，商伟也认为《儒林外史》将儒礼作为小说的组织原

---

① Shuen-fu Lin. Ritual and Narrative Structure in Ju-lin wai-shih, in Andrew H. Plaks ed., Chinese Narrative: Critical and Theoretical Essays, New Jersey: Princeton University Press, 1977, p.265.

② Yu-kung Kao. Lyric Vision in Chinese Narrative Tradition: A Reading of Hung-lou meng and Ju-lin wai-shih, in Andrew H. Plaks ed., Chinese Narrative: Critical and Theoretical Essays, Princeton: Princeton University Press, 1977, pp. 227-243.

则，认为作者以"礼"统摄了整个小说。①吴敬梓对儒礼表现出极大的关注，对礼的批判、重构和反思成为《儒林外史》结构的内在逻辑。在林顺夫之后，商伟将小说第三十七回对泰伯祭礼的呈现视为小说结构的中心，正如他所指出的，"清代评注家和现代学者都早已指出，这一事件构成了整部小说的高潮"。②安敏成也持类似观点："从小说的上下文来说，（泰伯）礼本身变成了祈望（就前几回的组织者而言）和回忆（就小说后半部分回顾和向往这个仪式的许多人物而言）的主要对象……前面的事件将我们的兴趣直接引向一个长期延宕的'高潮'，而后半部分则折回去，将我们一次次地带回到泰伯礼那静止的中心。"③在他看来，《儒林外史》是围绕着儒礼展开的小说结构和主题的独特结合。

① Shang Wei. The Collapse of the Tai-bo Temple: A Study of The Unofficial History of the Scholars, Ph. D. diss., Harvard University, 1995.

② 商伟：《礼与十八世纪的文化转折：〈儒林外史〉研究》，严蓓雯译，北京：生活·读书·新知三联书店，2012年，第33页。

③ Marston Anderson. The Scorpion in the Scholar's Cap: Ritual, Memory, and Desire in Rulin waishin, Theodore Huters, R. Bin Wong, and Pauline Yu. Culture & State in Chinese History: Conventions, Accommodations, and Critiques, Stanford : Stanford University Press, 1997, pp. 271-272.

参考文献

中文文献

（一）《儒林外史》原著

[1] 吴敬梓. 儒林外史［M］. 北京：作家出版社，1954.

[2] 吴敬梓. 儒林外史［M］. 张慧剑，校注. 北京：人民文学出版社，2002.

[3] 吴敬梓. 清凉布褐批评儒林外史［M］. 陈美林，校注. 北京：新世界出版社，2002.

[4] 吴敬梓. 儒林外史汇校汇评［M］. 李汉秋，辑校. 上海：上海古籍出版社，2010.

（二）专著

[1] 艾尔曼. 从理学到朴学：中华帝国晚期思想与社会变化面面观［M］. 赵刚，译. 南京：江苏人民出版社，2012.

[2] 陈美林. 吴敬梓研究［M］. 上海：上海古籍出版社，1984.

[3] 陈美林. 吴敬梓评传［M］. 南京：南京大学出版社，1990.

[4] 陈美林. 吴敬梓与儒林外史［M］. 沈阳：辽宁教育出版社，1992.

[5] 陈美林. 独断与考索：《儒林外史》研究［M］. 北京：商务印书馆，2013.

[6] 陈平原. 中国小说叙事模式的转变［M］. 上海：上海人民出版社，

1988.

［7］陈文新，鲁小俊.且向长河看落日——《儒林外史》［M］.昆明：云南人民出版社，2001.

［8］陈文新.吴敬梓的情怀与哲思［M］.合肥：安徽文艺出版社，2018.

［9］陈文新.吴敬梓与《儒林外史》［M］.郑州：中州古籍出版社，2019.

［10］陈曦钟，段江丽，白岚玲，等.中国古代小说研究论辩(文学卷)［M］.南昌：百花洲文艺出版社，2006.

［11］费孝通.乡土中国［M］.北京：商务印书馆，2019.

［12］芬格莱特.孔子：即凡而圣［M］.彭国翔，张华，译.南京：江苏人民出版社，2002.

［13］甘宏伟，白金杰.《儒林外史》学术档案［M］.武汉：武汉大学出版社，2018.

［14］何炳棣.明清社会史论［M］.徐泓，译注.北京：中华书局，2019.

［15］何满子.论儒林外史［M］.北京：人民文学出版社，1981.

［16］何敏.英语世界清小说研究［M］.成都：西南交通大学出版社，2017.

［17］何泽瀚.儒林外史人物本事考略［M］.上海：上海古籍出版社，1985.

［18］胡适.胡适文集［M］.北京：北京大学出版社，1998.

［19］黄霖.中国小说研究史［M］.杭州：浙江古籍出版社，2002.

［20］黄霖，许建平，等.20世纪中国古代文学研究史·小说卷［M］.上海：东方出版中心，2006.

［21］李达三，罗钢.中外比较文学的里程碑［M］.北京：人民文学出版社，1997.

［22］李汉秋.儒林外史研究资料［M］.上海：上海古籍出版社，1984.

［23］李汉秋.儒林外史研究纵览［M］.天津：天津教育出版社，1992.

［24］李汉秋.《儒林外史》研究［M］.上海：华东师范大学出版社，2001.

［25］李汉秋.《儒林外史》研究新世纪［M］.上海：上海交通大学出版社，2013.

［26］李汉秋，张国风，周月亮.儒林外史鉴赏辞典［M］.上海：上海辞书出版社，2011.

［27］李汉秋.吴敬梓诗传［M］.南昌：百花洲文艺出版社，2019.

［28］李忠明，吴波.《儒林外史》研究史［M］.福州：海峡文艺出版社，2006.

［29］刘勇强.中国古代小说史叙论［M］.北京：北京大学出版社，2007.

［30］鲁迅.中国小说史略［M］.南昌：江西教育出版社，2017.

［31］梅维恒.哥伦比亚中国文学史：下卷［M］.马小悟，张治，刘文楠，译.北京：新星出版社，2016.

［32］孟醒仁.吴敬梓年谱［M］.合肥：安徽人民出版社，1981.

［33］孟醒仁，孟凡经.吴敬梓评传［M］.郑州：中州古籍出版社，1987.

［34］浦安迪.中国叙事——批评与理论［M］.吴文权，译.上海：上海远东出版社，2021.

［35］齐裕焜.中国古代小说演变史［M］.兰州：敦煌文艺出版社，2008.

［36］齐裕焜，陈惠琴.中国讽刺小说史［M］.沈阳：辽宁人民出版社，1993.

［37］史华兹.古代中国的思想世界［M］.程钢，译.南京：江苏人民出版社，2008.

［38］孙楷第.中国通俗小说书目［M］.北京：作家出版社，1957.

［39］杨义.中国古典小说史论［M］.北京：人民出版社，1998.

［40］王进驹.乾隆时期自况性长篇小说研究［M］.北京：中国社会科学出版社，2006.

［41］夏志清.中国古典小说导论［M］.胡益民，等，译.合肥：安徽文艺出版社，1988.

［42］商伟.礼与十八世纪的文化转折：《儒林外史》研究［M］.严蓓雯，译.北京：生活·读书·新知三联书店，2012.

［43］石昌渝.中国小说发展史［M］.太原：山西教育出版社，2019.

［44］司马涛.中国皇朝末期的长篇小说［M］.顾士渊，葛放，吴裕康，等，译.上海：华东师范大学出版社，2012.

［45］唐君毅.中国文化之精神价值［M］.台北：正中书局，1953.

［46］杨琳.清初小说与士人文化心态［M］.北京：社会科学文献出版社，2017.

［47］余英时.士与中国文化［M］.上海：上海人民出版社，1987.

［48］遇笑容.《儒林外史》词汇研究［M］.北京：北京大学出版社，2001.

［49］张俊.清代小说史［M］.杭州：浙江古籍出版社，1997.

［50］赵景深.小说闲话［M］.上海：北新书局，1937.

［51］周启荣.清代儒家礼教主义的兴起——以伦理道德、儒学经典和宗族为切入点的考察［M］.毛立坤，译.天津：天津人民出版社，2017.

［52］周兴陆.吴敬梓《诗说》研究［M］.上海：上海古籍出版社，2003.

［53］邹颖.美国的明清小说研究［M］.南京：南京大学出版社，2016.

［54］竺青.名家解读《儒林外史》［M］.济南：山东人民出版社，

1999.

［55］朱一玄，刘毓忱. 儒林外史资料汇编［M］. 天津：南开大学出版社，2003.

［56］陈美林. 试就"卧本"评语略论《儒林外史》的民族特色［C］.//湖北省《水浒》研究会. 中国古代小说理论研究. 武汉：华中工学院出版社，1985.

［57］宁宗一. 喜剧性和悲剧性的溶合——《儒林外史》的实践［C］.//李汉秋. 儒林外史研究论文集. 北京：中华书局，1987.

［58］王靖宇. 中国传统小说研究在美国［C］.//林徐典. 汉学研究之回顾与前瞻. 北京：中华书局，1995.

［59］赛珍珠. 东方，西方与小说［M］.//上海鲁迅纪念馆. 赵家璧文集：第3卷. 上海：上海文艺出版社，2008.

［60］李桂奎. 论《儒林外史》对《水浒传》文法的仿拟》［C］.//《儒林外史》研究新世纪，上海：上海交通大学出版社，2013.

（三）期刊

［1］吴小如. 吴敬梓及其儒林外史［J］. 新建设，1954（8）：50-58.

［2］吴组缃.《儒林外史》的思想与艺术——纪念吴敬梓逝世二百周年［J］. 人民文学，1954（8）：82-99.

［3］谈凤梁. "秉持公心，指摘时弊"的讽刺小说——学习鲁迅对《儒林外史》的论述［J］. 南京师大学报（社会科学版），1977（3）：70-76.

［4］房日晰. 关于《儒林外史》的"幽榜"［J］. 西北大学学报（哲学社会科学版），1978（1）：85-88.

［5］黄秉泽. 论《儒林外史》的长篇艺术结构［J］. 安徽师大学报（哲学社会科学版），1981（4）：40-48.

［6］王丽娜.《儒林外史》外文译本概况［J］. 艺谭，1981（3）：37-

54.

[7] 严云受. 论《儒林外史》讽刺艺术的特色［J］. 安徽师大学报（哲学社会科学版），1981（4）：30-39.

[8] 赵逵夫. 论《史记》的讽刺艺术及其对《儒林外史》的影响［J］. 社会科学，1981（4）：68-76.

[9] 杜维沫，王丽娜. 国外对《儒林外史》的翻译和研究［J］. 文史知识，1982（5）：116-120.

[10] 林顺夫.《儒林外史》的礼及其叙事体结构［J］. 希春，译. 文献，1982（2）：67-82.

[11] 章培恒.《儒林外史》原貌初探［J］. 学术月刊，1982（7）：32-39.

[12] 樊善国.《儒林外史》的结构特点［J］. 北京师范大学学报（哲学社会科学版），1983（5）：59-65.

[13] 钱钟书. 林纾的翻译［C］.//罗新璋. 翻译论集. 北京：商务印书馆，1984：696-725. 谈凤梁.《儒林外史》创作时间、过程新探［J］. 江海学刊，1984（1）：78-85.

[14] 潘君昭. 论《儒林外史》的主题思想和结构艺术［J］. 南京师大学报（社会科学版），1985（1）：9-14.

[15] 万光治. 中国古典小说结构与历史编纂形式的平行纵向观［J］. 四川师院学报，1985（2）：61-69.

[16] 杜志军，易名. 史传文学的影响与情节模式的突破——《儒林外史》的结构创新及其意义［J］. 河北学刊，1993（6）：72-75.

[17] 黄卫总. 明清小说研究在美国［J］. 明清小说研究，1995（2）：217-224.

[18] 杨义.《儒林外史》的时空操作与叙事谋略［J］. 江淮论坛，1995（1）：75-81.

［19］孟昭连.《儒林外史》的讽刺意识与叙事特征［J］.南开大学学报（哲学社会科学版），1996（2）：66-72，80.

［20］连心达.欧美《儒林外史》结构研究评介［J］.明清小说研究，1997（1）：74-83.

［21］王进驹.论《儒林外史》喜剧表现形态的构成［J］.社会科学战线，1997（3）：150-155.

［22］陈文新，欧阳峰.论《儒林外史》的时间操作［J］.贵州社会科学，1998（6）：72-76.

［23］徐又良.短篇其表长篇其里——《儒林外史》新探［J］.社会科学研究，1998（1）：107-113.

［24］朱万曙.《儒林外史》：理性作家的理性小说［J］.安徽大学学报（哲学社会科学版），1998（2）：30-36.

［25］张锦池.论《儒林外史》的纪传性结构形态［J］.文学遗产，1998（5）：88-98.

［26］王进驹.《儒林外史》文体渊源试探［J］.广西师院学报，1999（1）：29-36.

［27］韩石.批洒在落照时分的心灵之光——论《儒林外史》中一种新的生活理想及其时代和声［J］.明清小说研究，1999（2）：74-88.

［28］周兴陆.吴敬梓《诗说》劫后复存［J］.复旦学报（社会科学版），1999（5）：131-140.

［29］王薇.试论《儒林外史》叙事的修辞品格［J］.明清小说研究，2000（1）：124-131.

［30］陈文新，欧阳峰.论《儒林外史》对故事的规范［J］.求是学刊，2001（5）：87-92.

［31］刘勇强.一种小说观及小说史观的形成与影响——20世纪"以西例律我国小说"现象分析［J］.文学遗产，2003（3）：109-124.

［32］韩石.《儒林外史》的类传形式——兼谈与《史记》类传的联系［J］.明清小说研究，2004（3）：57-67.

［33］葛永海.明清小说中的"金陵情结"［J］.南京社会科学，2004（10）：60-65.

［34］陈文新，郭皓政.道德理想主义与现实人生困境——论《儒林外史》对经典叙事的戏拟，福州大学学报（哲学社会科学版），2007（2）：53-59.

［35］段江丽.譬喻式阐释传统与古代小说的"缀段性"结构［J］.文学评论，2009（1）：81-87.

［36］李国庆.美国明清小说的研究和翻译近况［J］.明清小说研究，2011（2）：257-268.

［37］杨彬."仿拟"叙述与中国古代小说的文本演变［J］.复旦学报，2011（6）：62-72.

［38］刘紫云.评商伟著《礼与十八世纪的文化转折：〈儒林外史〉研究》［J］.国际汉学研究通讯，2013（7）：346-360.

［39］刘勇强.《儒林外史》文本特性与接受障碍［J］.文艺理论研究，2013（4）：112-124.

［40］潘建国.关于章回小说结构及其研究之反思［J］.北京大学学报（哲学社会科学版），2013（3）：72-77.

［41］商伟.《儒林外史》叙述形态考论［J］.文学遗产，2014（5）：133-147.

［42］廖可斌.文本逻辑的阐释力度——读商伟教授新著《礼与十八世纪的文化转折：〈儒林外史〉研究》［J］.江淮论坛，2015（1）：17-20，34.

［43］傅承洲.文人雅趣与大众审美的脱节——从接受的角度看《儒林外史》［J］.文艺研究，2015（2）：56-65.

[44] 刘勇强. 古代小说创作中的"本事"及其研究 [J]. 北京大学学报（哲学社会科学版），2015（4）：68-75.

[45] 潘建国. 古代小说中的"当代史事"及其采择编演 [J]. 北京大学学报（哲学社会科学版），2015（4）：82-87.

[46] 葛永海，孔德顺. "同行异构"的聚合——《水浒传》与《儒林外史》的另一种文化阐释 [J]. 浙江师范大学学报（社会科学版），2016（4）：29-35.

[47] 李鹏飞. 《儒林外史》第五十六回为吴敬梓所作新证 [J]. 中国文化研究，2017（1）：26-41.

[48] 陈惠琴. 文体论三部曲——川本荣三郎的《儒林外史》研究 [J]. 清华大学学报（哲学社会科学版），2017（1）：74-78.

[49] 周静. 《儒林外史》在英语世界传播的推动因素研究 [J]. 中华文化海外传播研究，2018（2）：276-284.

[50] 张旭，孙逊. 试论《儒林外史》中南京的三重空间 [J]. 明清小说研究，2018（4）：32-46.

[51] 何敏，李静. 他山镜鉴：美国汉学视域下之《儒林外史》研究 [J]. 合肥师范学院学报，2019（1）：43-49.

[52] 鄢宏福. 中国传统文人形象在英语世界的建构与价值观念传播——以《儒林外史》的传播为例 [J]. 湖南科技大学学报（社会科学版），2019（6）：141-147.

[53] 冯保善. 论《儒林外史》的"自传性"——兼及《红楼梦》的"自传说" [J]. 江淮论坛，2019（3）：157-164.

[54] 张国风. 双峰并峙，二水分流——《儒林外史》《红楼梦》之异同》 [J]. 红楼梦学刊，2020（6）：32-44.

[55] 王小惠. 五四时期"《儒林外史》热"及所牵涉的文学史话题 [J]. 文学评论，2021（4）：198-207.

［56］商伟.《儒林外史》的副文本与叙述时间［J］.文学遗产，2021
（6）：4-16.

［57］叶楚炎.《儒林外史》原型人物研究的方法、路径及其意义［J］.
文学遗产，2021（6）：30-40.

［58］井玉贵.《儒林外史》艺术形象之生成探微——以人物原型研究的
反思为中心［J］.文学遗产，2021（6）：41-51.

［59］商伟.回顾与辩释：《儒林外史》的原貌及其相关问题［J］.古代
文学前沿与评论，2021（2）：199-220.

［60］郑志良.《儒林外史》研究的新思考——以人物原型及时间设置为
中心［J］.古代文学前沿与评论，2021（2）：233-244.

［61］叶楚炎.地域叙事视角下的《儒林外史》结构——兼论《儒林外
史》的原貌问题［J］.明清小说研究，2013（1）：102-115.

（四）报纸

［1］陈来.二元礼、苦行礼的概念成立吗［N］.中华读书报，2013-04-10
（9）.

［2］杨念群.二元礼践行困境的历史根源［N］.中华读书报，2013-04-10
（9）.

［3］商传.从明代历史看《儒林外史》［N］.中华读书报，2013-04-10
（10）.

［4］商伟.对《礼与十八的世纪文化转折》讨论的回应［N］.中华读书
报，2013-04-10（13）.

［5］王燕.《儒林外史》何以在英语世界姗姗来迟［N］.中国社会科学
报，2013-07-19（B01）.

（五）学位论文

［1］王进驹.乾隆时期"自况性"长篇小说研究［D］.华东师范大学，
1998.

［2］何敏. 英语世界的清代小说研究［D］. 四川大学，2010.

［3］袁鸣霞. 论美籍华裔学者商伟的《儒林外史》研究［D］. 华东师范大学，2016.

［4］张昊苏. 乾嘉文学思想研究［D］. 南开大学，2019.

［5］刘孟平. 论黄卫总的明清小说研究［D］. 中国矿业大学，2020.

英文文献

（一）图书

［1］Berry, Margaret. The Chinese Classic Novels: An Annotated Bibliography of Chiefly English-language Studies[M]. New York: Garland Publishing, Inc. , 1988.

［2］Chai, Ch'u and Chai Winberg. A Treasury of Chinese Literature: A New Prose Anthology Including Fiction and Drama[M]. New York: Appleton-Century, 1965.

［3］Chang, H. C. . Chinese Literature: Popular Fiction and Drama[M]. Edinburgh: Edinburgh University Press, 1973.

［4］Chang, Chung-li. The Chinese Gentry: Studies on Their Role in Nineteenth-Century Chinese Society[M]. Seattle: University of Washington Press, 1955.

［5］Chow, Kai-wing. Confucian Ritualism in Late Imperial China: Ethics, Classics, and Lineage Discourse[M]. Stanford: Stanford University Press, 1994.

［6］Ge, Liangyan. Out of the Margins: The Rise of Chinese Vernacular Fiction[M]. Honolulu: University of Hawai'i Press, 2001.

［7］—The Scholar and the State: Fiction as Political Discourse in Late Imperial China[M]. Seattle: University of Washington Press, 2015.

［8］Gu, Mingdong. Chinese Theories of Fiction: A Non-Western Narratives System[M]. New York: State University of New York Press, 2007.

［9］Hanan, Patrick. Chinese Vernacular Story[M]. Cambridge: Harvard University Press, 1981.

［10］Hightower, James Robert. Topics in Chinese Literature: Outline and Bibliographies[M]. Cambridge: Harvard University Press, 1953.

［11］Ho, Ping-Ti. The Ladder of Success in Imperial China: Aspects of Social Mobility, 1368-1911[M]. New York: Columbia University Press, 1962.

［12］Huang, Martin W. . Literati and Self-Re/Presentation: Autobiographical Sensibility in the Eighteenth-century Chinese Novel[M]. Stanford: Stanford University Press, 1995.

［13］—Desire and Fictional Narrative in Late Imperial China[M]. Cambridge: Harvard University Press, 2001.

［14］Hsia, C. T. . The Classical Chinese Novel: A Critical Introduction[M]. New York: Columbia University Press, 1968.

［15］Idema, W. L. . Chinese Vernacular Fiction: the Formative Period[M]. Leiden: E. J. Brill, 1974.

［16］Lai, Ming. A History of Chinese Literature[M]. London: The Shenval Press Ltd, 1964.

［17］Li, Tien-yi. Chinese Fiction: A Bibliography of Books and Articles in Chinese and English[M]. Yale: Yale University Press, 1968.

［18］Liu, Tsun-yan. Chinese Popular Fiction in Two London Libraries[M]. Hong Kong: Lung Men Bookstore, 1967.

［19］Liu, Wu-chi. An Introduction to Chinese Literature[M]. Blooming and London: Indiana University Press, 1966.

[20] Olney, James. Autobiography: Essays Theoretical and Critical[M]. Princeton: Princeton University Press, 1980.

[21] Plaks, Andrew. Chinese Narrative: Critical and Theoretical Essays[M]. Princeton: Princeton University Press, 1977.

[22] —The Four Masterworks of the Ming Novel[M]. Princeton: Princeton University Press, 1987.

[23] Roddy, Stephen J. Literati Identity and Its Fictional Representations in Late Imperial China[M]. Standford: Standford University Press, 1998.

[24] Rolston, David L. . Traditional Chinese Fiction and Fiction Commentary: Reading and Writing Between the Lines[M]. Standford: Standford University Press, 1997.

[25] Ropp, Paul S. . Dissent in Early Modern China: Ju-lin waishi and Ch'ing Social Criticism[M]. Ann Arbor: The University of Michigan Press, 1981.

[26] Schwartz, Benjamin. The World of Thought in Ancient China[M]. Cambridge: Harvard University Press, 1985.

[27] Shang, Wei. Rulin waishi and Cultural Transformation in Late Imperial China[M]. Cambridge: Harvard University Press, 2003.

[28] Watt, Ian. The Rise of the Novel: Studies in Defoe, Richardson and Fielding[M]. Berkeley: University of California Press, 1957.

[29] Wong, Timothy C. . Wu Ching-tzu[M]. Boston: Twayne Publishers, 1978.

[30] Wu, Pei-yi. The Confucian's Progress: Autobiographical Writings in Traditional China[M]. Princeton: Princeton University Press, 1990.

[31] Yang, Winston L. Y. , Peter Li, Nathan K. Mao. Classical Chinese Fiction: A Guide to It's Study and Appreciation Essays and

Bibliographies[M]. Boston: G. K. Hall Publisher, 1978.

［32］Zhao, Henry Y. H. . The Uneasy Narrator: Chinese Fiction from the Tradition to the Modern[M]. Oxford: Oxford University Press, 1995.

［33］Anderson, Marston. The Scorpion in the Scholar's Cap: Ritual, Memory, and Desire in Rulin waishin[M]. // Theodore Huters, R. Bin Wong, and Pauline Yu. Culture & State in Chinese History: Conventions, Accommodations, and Critiques. Stanford: Stanford University Press, 1997.

［34］Bishop, John L. . Some Limitions of Chinese Fiction[J]. Far Eastern Quarterly, Vol. 15, No. 2 (1956).

［35］Brandauer, Frederick P. . Realism, Satire, and the Ju-lin waishih[J]. Tamkang Review, Vol. 20, No. 1(1989).

［36］Colemma, Jonh D. With and Without a Compass: The Scholars, The Travels of Laocan and the Waning of Confucian Tradition During Ching Dynasty[J]. Tamkang Review, Vol. 7, No. 2 (1976).

［37］Crothers, Dilley Whitney. The Picaresque in Eighteenth-Century Fiction: A Comparative View of Henry Fielding, Tobias Smollet, and Wu Ching-Tzu[J]. Shin Hsin Unversity Journal (1990).

［38］Fang, Xie. Conceptualization of Urban Space in Wu Jingzi's The Scholars[C]. The Asian Conference on Culture Studies 2012, Osaka, Japan.

［39］Hanan, Patrick. The Development of Fiction and Drama[M]. // Raymond Dawson. The Legacy of China, London: Clarendon Press, 1964.

［40］Holoch, Donald. Melancholy Phoenix: Self Ascending from the Ashes of History (From Shiji to Rulin waishi)[M]. //Wolfgang Kubin,

Symbols of Anguish: In Search of Melancholy in China. Switzerland: Peter Lang, 2001.

［41］—Stylization and Invention: the Burden of Self-Expression in The Scholars[M]. //Roger T. Ames, Thomas P. Kasulis and Wimal Dissanayake. Self as Image in Asian Theory and Practice. New York: State University of New York Press, 1998.

［42］Lin, Shuen-fu. Ritual and Narrative Structure in Ju-lin wai-shih[C]. // Andrew H. Plaks. Chinese Narrative: Critical and Theoretical Essays. New Jersey: Princeton University Press, 1977.

［43］Li, Wai-yee. Full-length Vernacular Fiction[M]. //Victor Mai. The Columbia History of Chinese Literature, New York: Columbia University Press, 2001.

［44］Rolston, David L. . The Wo-hsien ts'ao-t'ang Commentary on the Ju-lin wai-shih (The Scholars)[M]. //Rolston David, How to Read the Chinese Novel. Princeton: Princeton University Press, 1990.

［45］—Latent Commentary: The Rulin waishi[M]. Traditional Chinese Fiction and Fiction Commentary: Reading and Writing Between the Lines, Standford: Standford University Press, 1997.

［46］—The Distinctive Art of Chinese Fiction[M]. //Paul S. Ropp, Heritage of China: Contemporary Perspectives on Chinese Civilization. Berkeley: University of California Press, 1990.

［47］—The Literati Era and Its Demise (1723-1840)[M]. //Chang, Kang-i Sun & Owen, Stephen, The Cambridge History of Chinese Literature. London: Cambridge University Press, 2010.

［48］Slupski, Zbigniew. Some Points of Contact between Rulin Waishi and Modern Chinese Fiction[M]. //Goran Malmqvist, Modern Chinese

Literature and Its Social Context. Stockholm: G. Malmqvist, 1977.

（二）期刊

〔 1 〕 Gu, Mingdong. Theory of Fiction: A Non-Western Narrative Tradition[J]. Narrative, Vol. 14, No. 3 (2006), pp. 311-338.

〔 2 〕 Kao, Yu-kung. Lyric Vision in Chinese Narrative Tradition: A Reading of Hung-lou meng and Ju-lin wai-shih[C]. // Andrew H. Plaks, Chinese Narrative: Critical and Theoretical Essays. Princeton: Princeton University Press, 1977, pp. 227-243.

〔 3 〕 Hegel, Robert E. Traditional Chinese Fiction-The State of the Field[J]. The Journal of Asiatic Studies,Vol. 53, No. 2 (1994), pp. 394-426.

〔 4 〕 —Reflections on Five Decades of Studying Late Imperial China Literature[J]. Late Imperial China, Vol. 37, No. 1(2016), pp. 5-9.

〔 5 〕 Huang, Martin W. . Dehistoricization and Intertextualization: The Anxiety of Precedents in the Evolution of the Traditional Chinese Novel[J]. Chinese Literature: Essays, Articles, Reviews (CLEAR), Vol. 12 (1990), pp. 45-68.

〔 6 〕 —Author(ity) and Reader in Traditional Chinese Xiaoshuo Commentary[J]. Chinese Literature: Essays, Articles, Reviews (CLEAR), Vol. 16 (1994), pp. 41-67.

〔 7 〕 Hsia, C. T. . Classical Chinese Literature: Its Reception Today As a Product of Traditional Culture[J]. Chinese Literature: Essays, Articles, Reviews (CLEAR), Vol. 10, No. 1/2 (Jul. , 1988), pp. 133-152.

〔 8 〕 Král, Oldrich. Several Artistic Methods in the Classic Chinese Novel Ju-lin wai-shih[J]. Archiv Orientalni: Quarterly Journal of African, Asian, and Latin-American Studies, Vol. 32 (1964), pp. 16-43.

〔 9 〕 —The Last Classic Chinese Novel: Vision and Design in the Travels of

Laocan[J]. Journal of the American Oriental Society, Vol. 121, No. 4 (2001), pp. 549-564.

[10] Plaks, Andrew H. . The problem of Structure in Chinese Narrative[J]. Tamkang Review Vol. 6, No. 2 (1976), pp. 429-440.

[11] Roddy, Stephen J. . Groves of Ambition, Gardens of Desire: Rulin waishi and the Fate of The Portrait of Jiuqing[J]. Nan Nü: Men, Women, and Gender in China, Vol. 16, No. 2 (2014), pp. 239-273.

[12] Ropp, Paul S. . The Seeds of Change: Reflections on the Condition of women in the Early and Mid Ch'ing Societies[J]. Signs Journal of Women in Culture and Society, Vol. 2,No. 1(1976), pp. 5-23.

[13] Shang, Wei. Ritual, Ritual Manuals, and the Crisis of the Confucian World: An Interpretation of Rulin waishi[J]. Harvard Journal of Asiatic Studies, Vol. 58, No. 2 (1998), pp. 373-424.

[14] —Three Levels of Composition of the Rulin waishi, Harvard Journal of Asiatic Studies[J]. Vol. 49, No. 1 (1989), pp. 5-53.

[15] —On the Authenticity of Some Fragments of the Rulin waishi[J]. Archiv Orientalni: Quarterly Journal of African, Asian, and Latin-American Studies, Vol. 59, No. . 2 (1991), pp. 194-207.

[16] Wells, Henry W. . An Essay on the Ju-lin waishi[J]. Tamkang Review, Vol. 2, No. 1 (1971), pp. 143-152.

[17] Wu, Yenna. Reexaming the Genre of the Satiric Novel in Ming-Qing China[J]. Tamkang Review, Vol. 30, No. 1 (1999), pp. 1-27.

[18] Yu, Hsiao-jung. Consistent Inconsistencies among the Interrogatives in Rulin waishi[J]. Journal of Chinese Linguistics, Vol. 24, No. 2 (1996), pp. 249-280.

[19] Zhou, Zuyan. Yin-Yang Bipolar Complementary: A key to Wu Jingzi's

Gender Conception in the Scholars[J]. Journal of the Chinese Language Teachers Association, Vol. 29, No. 1 (1994), pp. 1-25.

（三）学位论文

［1］Bauer, Daniel Joseph. Creative Ambiguity: Satirical Portraiture in the " Ju-lin wai-shih " and " Tom Jones " [D]. University of Wisconsion-Madsion, 1988.

［2］Crothers, Dilley Whitney. The Ju-lin wai-shih: An Inquiry into Picaresque in Chinese Fiction[D]. University of Washington, 1998.

［3］Huang, Martin W. . The Dilemma of Chinese Lyricism and the Qing Literati Novel[D]. University of Washington, 1991.

［4］Roddy, Stephen J. . Ru-lin wai-shih and the Representation of Literati in Qing Fiction[D]. University of Princeton, 1990.

［5］Rolston, David L. . Theory and Practice: Fiction, Fiction Criticism and the Writing of the Ju-lin wai-shih[D]. University of Chicago, 1988.

［6］Ropp, Paul S. . Early Ch'ing Society and It's Critics: The life and Time of Wu Ching-tzu[D]. University of Michigan, 1974.

［7］Shang, Wei. The Collapse of the Tai-bo Temple: A Study of The Unofficial History of the Scholars[D]. Harvard University, 1995.

［8］Wong, Timothy C. . Satire and the Polemics of the Criticism of Chinese Fiction: A Study of the Ju-lin waishi[D]. University of Stanford, 1975.

［9］Wu, Swihart De-an. The Evolution of Chinese Novel Form[D]. University of Princeton, 1990.

［10］Wu, Xiaozhou. Western and Chinese Literary Genre Theory and Criticism: A Comparative Study[D]. University of Emory, 1990.

［11］Shi, Yaohua. Opening Words: Narrative Introductions in Chinese Vernacular Fiction[D]. Indiana University, 1998.

［12］Feng, Liping. A Critical Survey of the Chinese Criticism of Wu Jingzi's The Scholars (Rulin waishi)[D]. McGill University, 1987.

［13］Tang, Hing-chiu. An Evaluation of Ju-lin wai-shih in the Light of Some Western Critical Concepts[D]. Hongkong University, 1975.

附 录

英美《儒林外史》研究部分专著、博士论文目录
（中英文对照）

1.Wong, Timothy Chung-tai, " Satire and the Polemics of the Criticism of Chinese Fiction: A Study of the Ju-Lin Wai-Shih, " Ph. D. diss., Stanford University, 1975.

(Contents)

Preface

Chapter One   The Polemics of Criticism and the Poles of Satire

Chapter Two   The Ju-lin Wai-shih: Text and Author

Chapter Three The Nature of Satire and the Ju-lin Wai-shih

Chapter Four   The Morality of Satire: Confucianism in the Ju-lin Wai-shih

Chapter Five   The Wit of Satire: Structure and Technique in the Ju-lin Wai-shih

Final Remarks

Bibliography

黄宗泰：《讽刺与中国小说批评：儒林外史研究》，博士论文，斯坦福大学，1975年。

目录：

引言

批判的论争与讽刺的两极

《儒林外史》：文本与作者

讽刺的本质与《儒林外史》

讽刺的道德：《儒林外史》中的儒家思想

讽刺的智慧：《儒林外史》的结构与技巧

结语

参考文献

2.Wong, Timothy Chungtai, *Wu Ching-tzu,* Boston: Twayne Publishers, 1978.

（Contents）

About the Author

Preface

Acknowledgments

Chronology

Chapter One　The Evolution of a Satirist

Chapter Two　Satire and Feng-tz'u

Chapter Three　Morality: The Eremitic Ideal in the Ju-lin wai-shih

Chapter Four　Wit: Plot and Technique in the Ju-lin wai-shih

Chapter Five　Realism and Rhetoric

Chapter Six　　Wu Ching-tzu and Chinese Fiction

Appendix: Texts of the Ju-lin wai-shih

Notes and References

Selected Bibliography

Index

黄宗泰：《吴敬梓》，波士顿：Twayne Publishers，1978年。

目录：

作者

前言

致谢

年代

第一章　一位讽刺作家的成长

第二章　讽刺与"风刺"

第三章　道德：《儒林外史》中的隐士理想

第四章　机智：《儒林外史》中的情节和技巧

第五章　现实主义和修辞

第六章　吴敬梓和中国小说

附录：《儒林外史》的文本

注释

参考文献

索引

3.Ropp, Paul Stanely, *Dissent in Early Modern China: Ju-lin waishi and Ch'ing Social Criticism,* Ann Arbor: The University of Michigan Press, 1981.

（Contents）

Introduction

Part I The Setting of Ch'ing Criticism

Chapter 1　　Society and Culture in Early Modern China

罗溥洛：《近代中国的异议分子——儒林外史与清代的社会批评》，安那堡：密歇根大学出版社出版，1981年。

目录：

引言

第一部分　清代社会批评的背景

第一章　明清时期的社会与文化

第二部分　吴敬梓其人

第二章　吴敬梓（1701—1754）的生平与作品

第三部分　《儒林外史》与清代早中期的社会批评

第三章　作为文学奴隶的士人：《儒林外史》与科举异议分子

第四章　男人眼中的女人：《儒林外史》与女性主义思想

第五章　超自然的利用与滥用：《儒林外史》、文人怀疑论与流行

宗教

第四部分　中国社会思想史中《儒林外史》的意义

第六章　历史视角下的《儒林外史》：意义和解释的问题

第七章　《儒林外史》、社会变革及明清社会批判的兴起

缩略语

注释

术语表

索引

4.Daniel Joseph Bauer. Creative Ambiguity: Satirical Portraiture in the "Ju-lin wai-shih" and "Tom Jones", Ph. D. diss., The University of Wisconsin-Madison, 1988.

（Contents）

Introduction

Chapter I　Wang, K'uang, and Tu—Contrary Portraits

Chapter II　Yü, Wang, the Eccentrics—Ambiguities Multiply

Chapter III　Comparative Portraits in *Tom Jones*

Chapter IV　Satirical Theory and Creative Ambiguity

Notes

Works Cited

丹尼尔·鲍尔：《创造性模糊：〈儒林外史〉与〈汤姆·琼斯〉中

的讽刺描写》，博士论文，威斯康辛大学麦迪逊分校，1988年。

目录：

引言

第一章 王、匡和杜——相对的人物

第二章 余、王和四大奇人——多重模糊性

第三章《汤姆·琼斯》中可比较的人物

第四章 讽刺理论与创造性模糊

注释

引用文献

5.Rolston David, Theory and practice: fiction, fiction criticism, and the writing of the Ju-lin wai-shih, Ph. D. diss., The University of Chicago, 1988.

（Conrents）

Acknowledgements

List of Abbreviations

Abstract

Chapter One　Preliminary Material

Introduction: The Hsien-chai lao-jen Preface

The Author of the Ju-lin wai-shih

Modern Interpretations of the Ju-lin wai-shih

Hu Shih and Lu Hsün

Post-1949 Developments

New Approaches

Towards a New Interpretation That is Nevertheless Old

Chapter Two　Chin Sheng-t'an and the Shui-Hu Chuan

Chin Sheng-t'an and His Literary Theory

Prologues

Microstructural

Foreshadowing

Retroflective Reflection and Supplementation

Structural Repetition

Linkage

Chapters

Macrostructure

Climax, Denouement, and Closure

The Production of Unity

Chapter Ten   Conclusion: The Author in the Text

Selected Bibliography

Glossary

陆大伟：《理论与实践：小说、小说批评与儒林外史的写作》，博士论文，芝加哥大学，1988年。

目录：

致谢

缩略语

摘要

第一章 原始材料

引言：闲斋老人序

《儒林外史》的作者吴敬梓

《儒林外史》的文本

《儒林外史》的现代解读

胡适与鲁迅

1949年后的发展

新方法

一种新的却也是旧的解读

第二章 金圣叹与《水浒传》

金圣叹和他的文学理论

《水浒传》中的矛盾

金圣叹评点本《水浒传》

金圣叹评点本与早期版本的关系

金圣叹的政治观点

金圣叹——评点者的典范

金圣叹与迷信

金圣叹评点习惯的影响

对金圣叹评价的错误归因

金圣叹在20世纪的声誉

金圣叹与吴敬梓可能的联系

第三章 毛宗岗与后来的发展

毛宗岗与金圣叹

李渔的小说和戏剧批评

《金瓶梅》与其评点者

第四章 中国长篇小说的互文性

作者与早期文本的关系

评点者与互文性

《水浒传》

输入《水浒传》

《水浒传》与《金瓶梅》《红楼梦》和《镜花缘》

《水浒传》与《儒林外史》

《儒林外史》与白话文学

开场诗（结尾诗）

楔子

微观结构

伏笔

呼应与增补

结构性的重复

连接

章节

宏观结构

高潮、结局和尾声

统一性的产生

第十章　结论：文本中的作者

参考文献

术语表

6. Roddy, Stephen, Ru-lin wai-shih and the Representation of Literati in Qing Fiction, Ph. D. diss., University of Princeton, 1990.

（Contents）

Abstract

Acknowledgments

Introduction

Chapter One　　The Image of the Literati in Qing Discourse

Chapter Two　　Topical and Historical References in Rulin waishi

Chapter Three　　Satire of the Literati in Rulin waishi

Chapter Four　　The Image of the Literati in Three Mid-Qing Novels

Bibliography

史蒂文·罗迪：《儒林外史和清代小说中的文人画像》，博士论文，普林斯顿大学，1990年。

目录：

摘要

致谢

引言

第一章　清代话语中的文人形象

第二章　《儒林外史》中的话题与历史参照

第三章　《儒林外史》中文人的讽刺

第四章　三部清中期小说中的文人形象

参考文献

7.Wu, Swihart De-an, The Evolution of Chinese Novel Form, Ph. D. diss., University of Princeton, 1990.

（Contents）

Acknowledgments

Introduction

Chapter 1　The Origins of Chinese Novel Form

A Review of the " Episodic Structure " Theory in the Zhanghui Novel

The "episodic" idea related to the zhanghui novel format

Differentiation between Zhanghui novels and xiaoshuo

Hypothetical ties between the Zhanghui novels and popular literature

The Sources of the Zhanghui Novel Contributed to the Formation of its Structure

The sources of the romance of the three Kingdom

The sources of The Men of the Marsh

The sources of A Journey to the West

The origins of Jing Ping Mei

The Structural Origins of the Early Zhanghui Novels under Reconsideration

Some Further Remarks on Zhanghui Novel Structure

Chapter 2   The Structural Principles of Shuihu Zhuan

Origins of the Form of Shuihu Zhuan

Influence of " the evolution " theory

The relationship between Shuihu Zhuan and its source materials

Chapter 2   continued

Shi ji as a Structural Model for Shuihzhuan

Traditional criticism on the relationship between Shuihu zhuan and Shi ji

Biographical form in Shi ji and Shuihu zhuan

The Arrangement of Collective Biographies

The principle of paired characters

The structure of Shuihu zhuan

The Opening section

The narrative process within the collective biographical form

Conceptual model of Shuihu zhuan and its influnce on the novel's second half

The spatial and temporal elements in Shuihu zhuan

Influence of Shuihu zhuan's Structure on Later Zhanghui Novels

Chapter 3: The Inner and Outward Form of Rulin waishi

The Established Critical Views on the Structure of Rulin waishi

Structural Models for Rulin waishi: Shi ji and Shuihu zhuan

The Inner and Outward Form of Rulin waishi

Biographical form in Rulin waishi

The inner form of Rulin waishi

The symbolic structure of Rulin waishi

Alternation and Refraction-the Textual Design of Rulin waishi

Spatial and Temporal Schemes of Organization

Chapter 4: Changes in the Zhanghui Novel Form around the Turn of the Century

Chapter 4: continued

Critical Views on the Structure of Late Qing Novels

Critical Views of the Late Qing Novelists and Critics on the Form of the Novel

Advocates of the zhanghui novel form

Advocates of a " multi-character and multi-event " structure

Advocates of changing the beginning form of the Chinese novel

Advocates of a happy ending

Comparison of the Structure of the Late Qing Novels and Rulin waishi

The mode of prologue and ending

The relationship between the form of " multiple characters and multiple events" and the " collective biography "

The differences in using the autobiographical element in the novel between Rulin waishi and the late Qing novels

Chapter 5: Mao Dun's Structure Outlook on the Modern Chinese Novel and the Structure of Midnight

From Late Qing to the New Era of the Chinese Novel

The Formation of Mao Dun's Outlook on the New Chinese Novel Form

Selecting the essence from the zhanghui novel structure

Learning from Western fictional techniques

Mao Dun's experiments on the structure of the new Chinese novel

The Structure of Midnight

The beginning

The central axis

A central protagonist and the alternate characters' stories

Chapter 5 continued

Building the events around the character

The spatial and temporal design

Some Final Remarks

Bibliography

Abstract

吴德安：《中国小说形式的演变》，博士论文，普林斯顿大学，1990年。

目录：

致谢

引言

第一章　中国小说形式的起源

章回小说"缀段式"结构理论回顾

"缀段"观念与章回小说结构的关联

章回小说与"小说"的区分

章回小说与通俗文学假想的联系

章回小说的素材来源促成其结构的形成

《三国演义》的素材来源

《水浒传》的素材来源

《西游记》的素材来源

交错与曲折：《儒林外史》的文本设计

组织的空间与时间机制

第四章　晚清民初章回小说形式的变革（一）

第四章　晚清民初章回小说形式的变革（二）

关于晚清小说结构的批判性观点

晚清小说家和批评家关于小说形式的批判性观点

章回小说形式的倡导

"多角色、多事件"结构的倡导

改变中国小说的开场形式的倡导

大团圆结尾的倡导

晚清小说与《儒林外史》结构之比较

楔子和尾声的模式

"多角色、多事件"与"集合传记"的关系

《儒林外史》和晚清小说运用自传的差异

第五章　茅盾的现代中国小说结构观及《子夜》的结构（一）

从晚清到中国小说的新时代

茅盾关于新的中国小说形式的观点的形成

汲取章回小说结构的精华

学习西方小说的技巧

茅盾对于新中国小说结构的实验

《子夜》的结构

开头

中心轴

中心人物和次要人物的故事

第五章　茅盾的现代中国小说结构观及《子夜》的结构（二）

围绕人物写事件

空间和时间设计

结语

参考文献

摘要

8.Huang Martin W., The Dilemma of Chinese Lyricism and The Qing Literati Novel, Ph. D. diss., Washington University, 1991.

（Contents）

Introduction

Chapter One: Harmony and Its Disappearance: The Dilemma of Chinese Lyricism and the Lyricization of the Qing Literati Novel

Chapter Two: Containment and Contentment: Garden and Lyrical Strategies in *Dream* and *Scholars*

Chapter Three: Self-Expression and the Burden of the Lyrical Tradition

Chapter Four: Engendering Chinese Lyricism: Literati Anxiety and the Gender Problem in *Dream*

Chapter Five: Self-Re/Presentation: the Autobiographical Imperatives in *Dream* and *Scholars*

Chapter Six: A Conclusion in Comparative Perspective

Selected Bibliography

黄卫总：《中国抒情主义的困境与清代文人小说》，博士论文，华盛顿大学，1991年。

目录：

引言

和谐及其消失：中国抒情性的困境与清代文人小说的抒情化

抑制与满足：《红楼梦》和《儒林外史》中的花园和抒情策略

自我表达与抒情传统的负担

中国抒情性的性别化：文人的焦虑和《红楼梦》中的性别问题

自我（再）呈现：《红楼梦》和《儒林外史》中的自传倾向

比较视角下的结论

参考文献

9.Huang, Martin Weizong, *Literati and Self-Re/Presentation: Autobiographical Sensibility in the Eighteenth-century Chinese Novel*, Stanford: Stanford University   Press, 1995.

（Contents）

Introduction

Chapter One: The Problematic Literati Self and Autobiographical Sensibility in the Novel

Chapter Two: The Self Masqueraded: Auto/Biographical Strategies in *The Scholars*

Chapter Three: The Self Displaced: Women and Growing Up in *The Dream of the Red Chamber*

Chapter Four: The Self Reinvented: Memory and Forgetfulness in *The Humble Words of an Old Rustic*

Conclusion

Notes

Selected Bibliography

Character List

Index

黄卫总：《文人和自我表现：18世纪中国小说自传倾向》，斯坦福：斯坦福大学出版社，1995年。

目录：

引言

第一章　问题中的文人自我和小说中的自传性

第二章　自我面具：《儒林外史》中的自传/传记策略

第三章　自我替代：《红楼梦》中的女性和成长

第四章　自我发现：《野叟曝言》中的记忆与遗忘

结语

注释

参考文献

人物表

索引

10.Shang Wei, The Collapse of the Tai-bo Temple: A Study of *The Official History of the Scholars*, Ph. D. diss., Harvard University, 1995.

（Contents）

Acknowledgments

Introduction

Chapter One: Mundane World as Sacred: The Decline of Traditional Narrative

Chapter Two: The Taibo Myth and the Taibo Ceremony: Ritualized World as Sacred

Chapter Three: The Collapse of the Taibo Temple

Chapter Four: From Temple to Marketplace

Appendix

Selected Bibliography

商伟：《泰伯祠的倒塌：儒林外史研究》，博士论文，哈佛大学，

1995年。

目录：

摘要

致谢

引言

第一章　神圣的世俗世界：传统叙事的衰落

第二章　泰伯神话和泰伯礼：神圣的礼仪世界

第三章　泰伯祠的坍塌

第四章　从祠庙到市井

附录

参考文献

11.Dilley, Whitney Crothers, The Ju-lin wai-shih: an Inquiry into the Picaresque in Chinese Fiction, Ph. D. diss., University of Washington, 1998.

（Contents）

Introduction

Author

Bibliography

Textual Versions of the *Ju-lin wai-shih*

Structural Anomalies in the *Ju-lin wai-shih*

The Picaresque Novel

Some Characteristics of the *Ju-lin wai-shih*

Accurate Cultural Detail

The Examination System

The Feast: A Literary Metaphor

Structure as a Key to the Author's Meaning

Conclusion

An Annotated Translation of the *Ju-lin wai-shih*

Bibliography

柯伟妮：《儒林外史：中国小说中的流浪汉研究》，博士论文，华盛顿大学，1998年。

目录：

引言

作者

《儒林外史》的相关研究文献

《儒林外史》的版本

《儒林外史》结构的独特性

流浪汉小说

《儒林外史》的一些特征

准确的文化描写

科举制度

盛宴：一个文学暗喻

结构：理解作者意图的钥匙

结语

《儒林外史》节译

参考文献

12.Shi, Yaohua, Openning Words: Narrative Introductions in Chinese Vernacular Fiction, Ph. D. diss., Indianan University, 1998.

（Contents）

Introduction

Chapter One　Beginning and Endings: The Fragmentation of Narrative

Space in Chinese Vernacular Fiction

Chapter Two   Beginnings in and of Vernacular Fiction

Chapter Three   From Orality to Literacy: Feng Menglong and Ling Mengchu

Chapter Four   Beginnings as a Professional Writer: Narrative Introduction in Li Yu

Chapter Five   Beginning Anew: Repetition and Cliche in *Rulin waishi*

Chapter Six   Beginnings and Departures: The Case of the *Dream of the Red Chamber*

Conclusion

Works Cited

史耀华:《中国白话小说的开场白》，博士论文，印第安纳大学，1998年。

目录:

引言

第一章   开篇和结尾:中国白话小说叙事空间的碎片化

第二章   白话小说的开篇白

第三章   冯梦龙和凌濛初

第四章   李渔的开篇写作

第五章   《儒林外史》中的重复和陈词滥调

第六章   《红楼梦》的开篇

结语

参考文献

13.Roddy, Stephen J, *Literati Identity and Its Fictional Representations in Late Imperial China,* Standford: Standford University Press, 1998.

Introduction

Part I: The Image of the Literati in Qing Discourse

Chapter One   Literati Identity and the Qing Epistemological Crisis

Chapter Two   Discourses of the Literati and the Literati in Discourse

Chapter Three   The Intellectual Milieus of Three Novelists

Part II: The Deconstruction of Literati Identity in Rulin waishi

Chapter Four   Scholars, Poets, Painters, and Essayists

Chapter Five   The Decline of Literati Mores

Chapter Six   The Use and Abuse of Ritual

Part III: Fictional Reconstructions of Literati Identity

Chapter Seven   Yesou puyan: A Confucian-Feminist Utopia?

Chapter Eight   The Philological Musings of Jinghua yuan

Conclusion

Appendix: Editions of the Novels

Notes

Bibliography

Character List

Index

史蒂文·罗迪：《中华帝国晚期的文人身份及其在小说中的表现》，斯坦福：斯坦福大学出版社，1998年。

目录：

引言

清代话语中的文人形象

文人身份与清代的认识论危机

文人的话语与话语中的文人

三位小说家的知识背景

《儒林外史》中文人身份的解构

学者、诗人、画师与散文家

文人道德的沦丧

礼的利用与滥用

小说中对文人身份的重构

《野叟曝言》：一个儒家女性主义乌托邦？

《镜花缘》的语文学冥想

结语

附录：所论小说的版本

注释

参考文献

人物表

索引

14.Shang Wei, *Rulin waishi and Cultural Transformation in Late Imperial China,* Cambridge and London: Harvard University Press, 2003.

（Contents）

Introduction

Part 1　Ritual and the Crisis of the Confucian World

Chapter One　Confucian Ritual Manuals, the Yan-Li School, and *Rulin waishi*

Chapter Two　The Taibo Temple: Ascetic Versus Narrative Ritual

Chapter Three The Destruction of the Taibo Temple: Ascetic Ritual in Crisis

Part 2　Beyond Official History in *Rulin waishi*

Chapter Four　History and Time: Zhengshi As Represented in *Rulin waishi*

Chapter Five　Atemporality, Closure, and Ascetic Ritual

Part 3　Narrative and Cultural Transformation

Chapter Six　*Rulin waishi,* the Vernacular Novel, and the Narrator

Chapter Seven　Parody and the Suspension of History

Part 4　The Taibo Myth and Its Dilemma: Redefining the Literati Novel

Chapter Eight　The Taibo Myth and the Problem of Narrative

Chapter Nine　Moral Imagination and Self-Reflexivity

Epilogue:　*Rulin waishi* and Literati Nostalgia for the Lyrical World

Editions of *Rulin waishi*

Inconsistencies, Errors, and the Problems of Open-Ended Narrative

商伟：《儒林外史与明清时期的文化转折》，剑桥：哈佛大学出版社，2003年。

目录：

引言

礼与儒家世界的危机

第一章　儒家仪注、颜李学派与《儒林外史》

第二章　泰伯祠：苦行礼与二元礼

第三章　泰伯祠的坍塌：危机中的苦行礼

第二部分　正史之外

第四章　历史与时间：《儒林外史》中的正史

第五章　礼仪的构架：开篇与结尾

第三部分　叙事与文化转折

第六章　《儒林外史》、白话小说和叙述者

第七章　戏仿与历史的终结

第四部分　泰伯神话及其困境：重新定义文人小说

第八章　泰伯神话与叙述问题

第九章　道德想像与自我反省

跋　《儒林外史》与文人对抒情境界的怀旧

附录：文本与《儒林外史》的作者

《儒林外史》的版本及其他问题

15. Ge, Liangyan, *The Scholar and the State: Fiction as Political Discourse in Late Imperial China,* Seattle: University of Washington Press, 2015.

(Contents)

Acknowledgments

A Note on Chinese Romanization

Introduction

Chapter One　A Rugged Partnership: The Intellectual Elite and the Imperial State

Chapter Two *Romance of the Three Kingdoms*: The Mencian View of Political Sovereignty

Chapter Three The Scholar-Lover in Erotic Fiction: A Power Game of Selection

Chapter Four　*The Scholars*: Trudging Out of a Textual Swamp

Chapter Five　The Stone in *Dream of the Red Chamber*: Unfit to Repair the Azure Sky

Coda: Out of the Imperial Shadow

Notes

Glossary of Chinese Characters

Selected Bibliography

Index

葛良彦：《士与国家：中华帝国晚期作为政治话语的小说》，西雅图：华盛顿大学出版社，2015年。

目录：